Werner-Hagen

In den Sternen steht´s geschrieben!

Sarastro Verlag

Werner-Hagen

In den Sternen steht´s geschrieben

1. Auflage 2012 | ISBN: 978-3-86471-141-1

Erscheinungsort: Paderborn, Deutschland

Sarastro GmbH, Paderborn. Alle Rechte beim Verlag.

Nachdruck des Originals von 1911.

Werner-Hagen

In den Sternen steht´s geschrieben!

Sarastro Verlag

In den Sternen steht's geschrieben!

Ein volkstümliches Handbuch der
Astrologie

von

Dr. Werner-Hagen

Prana-Verlag, Berlin NW 87

In den Sternen steht's geschrieben!

Ein volkstümliches Handbuch der Astrologie

von

Dr. Werner-Hagen

Prana-Verlag, Berlin NW 87.

Zum Geleite.

„Es ist kein Zufall, daß der Mensch in diesem Leben, inner=
lich und äußerlich bedrängt, sein Herz emporrichtet nach den
Sternen, die gelassen scheinen, unerschütterlich, unberührt von allem
Gewühl hier unten. Kehrt doch Ruhe und Festigkeit dann wieder
bei ihm ein: ihre Stille und Festigkeit machen ihn still und fest.
Wie kommt das?

Weiß der Mensch nicht, daß, wie sein Lebensrad den Umkreis von
der Wiege zum Grabe vollführt, dies auch mit den Planeten geschieht
vom Werden zum Vergehen?

Weiß er nicht, daß ihr Licht Feuer, ihre Wärme Glut, ihre Be=
wegung ein Lauf ist, der Zertrümmerung innehat?

Wie kann solche Unruhe ihm Ruhe geben?

Ja, das alles weiß der Mensch sehr gut — — — aber über allem
begreift er, indem er die Sterne von unten aus betrachtet, daß in
ihrem Umkreis Festigkeit, Gewißheit in ihrem Sausen, Gesetz in ihrer
Feurigkeit.

Das Gesetz, welches all diese Dinge trägt, trägt auch ihn:
das Gesetz in Bewegung und Veränderung, in Werden und Vergehen, ist
auch sein Lebens= und Sterbensgesetz.

Dieser große Gedanke, daß nichts sich als Zufall
erweise, ist der Gedanke, der den Menschen still macht bei der Be=
trachtung des Sternenhimmels über seinem Haupte. Und das, was er
über Tag in der Hitze des Kampfes beim wolkenlosen Blau der Mittags=
sonne nicht entdecken kann, geht erst seinem dunklen Herzen bei jedem
Licht auf, das sich im schwarzen Schatten der Nacht abzeichnet bei
jedem Stern, der sich zeigt.“

L. de Hartog=Mehjes:
„Prophezeiung des Tierkreises“. (Nieuwe Banen 1911).

Einführung.

Im Gegensatz zu allen anderen „okkulten" Wissenschaften erfordert die Astrologie keinerlei Glauben, so viel auch gerade von ihr die gegenteilige Behauptung aufgestellt wird von denen, die sich niemals ernstlich mit der Sache befaßt haben. Wer sich dem Studium der Astrologie widmen will, hat nur nötig, an der Hand seines Geburtshoroskopes einmal sein Leben rückwärtsschauend zu prüfen, und er wird aufgrund zahlloser von ihm selbst beobachteter Tatsachen feststellen können und feststellen müssen, daß die Astrologie wahr ist, daß sie auf naturgemäßen und natürlichen Tatsachen beruht.

Wenn sie trotzdem bisher nur in verhältnismäßig enge Kreise gedrungen ist, so liegt dies — das soll und muß einmal ausgesprochen werden — zum guten Teil an dem Humbug, der unter dem Namen „Planetenkunde" oder „Astrologie" vor allem von den Vereinigten Staaten von Amerika, aber auch von zahlreichen deutschen Plätzen aus betrieben wird, in Wirklichkeit aber mit der wissenschaftlichen Astrologie nicht das geringste zu tun hat. Charlatane und Betrüger gibt es aber auf allen Gebieten!

Andererseits hat der Dogmatismus der Konfessionen ebenso wie der Materialismus dazu geführt, daß den einen nur das als Wahrheit gelten darf, was die Bibel als „göttliche Offenbarung" gelten läßt, während den anderen nur das mit den Sinnen Wahrnehmbare und mit den (auf Hypothesen und Annahmen beruhenden!) physischen Gesetzen Erklärbare und Uebereinstimmende die Wahrheit ist, obwohl die materielle Wissenschaft auch schon hunderte von malen hat „umlernen" müssen!

Für alle die sich jemals mit dem Studium der im Kosmos wirkenden Kräfte befaßt haben, ist und bleibt es ein Rätsel, daß gerade die Astrologie so wenig Interessenten fand und so viel Feindschaft begegnet, ein Rätsel umsomehr, weil jeder anders normal veranlagte und mit nur mittelmäßigem Verstand begabte Mensch in der Lage ist, selbst die Wahrheit der Astrologie p r a k t i s ch zu erweisen. Die Astrologie streift weder „die Grenze des Uebersinnlichen", noch widerspricht sie den natür= lichen und unabänderlichen Gesetzen, die im Weltganzen tätig sind und die wir wohl in ihren Folgen und Erscheinungen beobachten, bezüglich deren wir aber mehr oder weniger auf Vermutungen angewiesen sind.

In neuerer Zeit zieht ja auch die Astrologie wieder mehr das Interesse und die Aufmerksamkeit des großen Publikums auf sich. Ja, in den Vereinigten Staaten gibt es sogar eine besondere H o ch s ch u l e für Astrologie. Auch bei uns kann und wird die Zeit nicht mehr fern sein, wo nicht nur auf, sondern schon in der Schule der werdende Mensch die Gesetze, die im Kosmos wirken, kennen und etwas vom Leben im Kosmos verstehen lernt, was unserer Ansicht nach ungleich wichtiger, lehrreicher und n ü tz l i ch e r wäre, als daß das Kind weiß, wann und wie lange dieser oder jener Fürst den Thron eines Landes „zierte" oder . . . wer die Nähnadel erfunden hat!

Welche große Rolle könnte z. B. die „Planetenkunde" in der E r = z i e h u n g spielen, sowohl bei der Erziehung durch Eltern und Er= zieher als auch bei der Selbsterziehung, wenn jeder erst verstände, sein Horoskop zu lesen und die kosmischen Einflüsse zu begreifen; wenn schon das Kind wüßte, daß es unter bestimmten kosmischen Einflüssen anders sein müsse als unter anderen. Wie viel ungerechte Strafe würde unterbleiben in der häuslichen Erziehung und der Schule, wenn die Eltern und Lehrer wüßten und berücksichtigten, daß das Kind unter dem Einflusse „seines Sternes" garnicht anders handeln k o n n t e, weil es den fördernden oder hemmenden Einfluß desselben nicht kennt. Wir r e d e n wohl viel von unseren „Sternen", kennen wohl „günstige" und „ungünstige" Sterne, unter denen wir geboren sind, sprechen wohl gar von unseren „Schicksalssternen", aber wir halten es kaum der Mühe für wert, uns diesen Einfluß der Gestirne einmal näher anzusehen.

Vielfach mag ja die Unkenntnis der Astrologie nun auch darin ihren Grund haben, daß die meisten der bestehenden Handbücher und Lehrbücher zu wissenschaftlich gehalten sind und daher eine praktische Verwertung nicht ermöglichen. Andere wieder sind dem Laien unver= ständlich durch die vielen Fachausdrücke, mit denen die „Wissenschaftler" um sich werfen.

Wir suchen alle diese Fehler zu vermeiden und in dem vorliegenden Werkchen ein a l l g e m e i n v e r s t ä n d l i ch e s Handbuch der Astrologie zu bieten, das auch denjenigen „einführt", der bisher aus Interesse=

losigkeit oder Abneigung sich noch niemals mit der Sache befaßt hat. Und das andererseits auch den überzeugen soll, der in der Beschäftigung mit der Astrologie eine unnütze Zeitverschwendung erblickte, weil er die Astrologie selbst für eitel Humbug und Mumpitz hielt.

Keins von beiden ist sie, sondern **eine Wissenschaft, die sich auf Beobachtungen und Erfahrungen gründet,** wie jede andere auch. Auch die sogenannten materiellen Wissenschaften dringen nicht bis auf den innersten Kern der Dinge vor; auch sie bewegen sich mehr oder weniger immer nur an der Außenseite; auch sie haben es noch nicht dahin gebracht, daß sie berechtigt wären, als Richter und einzig Sachverständige über die „okkulten" Wissenschaften zu Gericht zu sitzen. Die Astrologie aber ist ein Teil dieser „okkulten" Wissenschaften. Solange die große Masse noch nicht reif war, in ihnen den Schlüssel für die vielen Rätsel des Lebens und der Entwicklung zu finden (und sie ist es auch heute noch nicht!), hüllten die **Eingeweihten** ihr Wissen in eine nur ihnen verständliche Form, die zugleich den besten und sichersten Schutz gewährte gegen Verfolgungen, denen sie ausgesetzt waren, in den Zeiten, wo jedem, der es wagte, mehr als andere zu wissen oder wissen zu wollen, als „Zauberer" oder „mit dem Teufel im Bunde" stehend, der Prozeß gemacht wurde. So wurden die interessantesten und nützlichsten Wissenschaften mit dem Mantel des „Geheimnisses" umkleidet; so allein ist es zu verstehen, daß sie auch heute noch die „geheimen" genannt werden, weil auch in unseren „freien" Tagen noch viele sich nur „im geheimen" ihren Studien widmen aus Furcht, von ihren andersdenkenden Freunden und Genossen von der Zunft als „nicht ganz zurechnungsfähig" angesehen zu werden. Entdeckerschicksale wie die eines Freiherrn v. Reichenbach schrecken eben den weniger Mutigen ab, für seine Ueberzeugung zu kämpfen bis zum letzten Atemzuge. Und dennoch: **Die Wahrheit bricht sich Bahn;** sie ist nicht aufzuhalten, mag auch der Widerstand, den sie auf ihrem Wege findet, ihr Vordringen erschweren!

Das „graue" Altertum verstand mehr von den „geheimen" Wissenschaften und wandte sie praktisch vor allem in ausgiebiger Weise an als unsere „aufgeklärte" Zeit, die mit all ihrem hohlen Aufschließen sein doch vielfach an den wahren und letzten Ursachen der Dinge und Erscheinungen „vorbeidoziert".

Der Nutzen der Astrologie.

Wie hoch oder tief wir auch immer stehen mögen, instinktiv fühlen wir, daß wir in unserem Charakter mehrere s c h w a c h e Seiten haben und es unsere moralische Pflicht ist, den Kampf gegen diese aufzunehmen. In uns allen schlummert ein gewisses Etwas (wir nennen es das Gewissen!), das uns sagt, was gut und böse ist, mögen auch die Anschauungen über gut und böse im Wechsel der Zeiten bei den verschiedenen Rassen und Völkern sich oft gewandelt haben. Solange wir Menschen nicht zur höchstmöglichen Vollkommenheit gelangt sind, werden a l l e unsere Begriffe immer nur relative sein können.

J e d e r Mensch wird sich zu einem gewissen Zeitpunkt in seinem Leben bewußt, daß es seine erste Pflicht ist und sein muß, seine n i e d r i g e N a t u r mit allen ihren Fehlern, Schwächen und üblen Angewohnheiten nach Kräften zu besiegen, nicht ihr Sklave, sondern ihr Herr und Meister zu sein. Bei dem einen kommt diese Erkenntnis früher, beim anderen später. Aber da wir nicht die Einflüsse kennen, unter denen wir „leiden", so suchen wir die Ursachen unserer Fehler und Schwächen vielfach ganz wo anders als wo sie liegen, nicht in jenen uns selbst unbewußten störenden Einflüssen, denen wir ausgesetzt sind, sondern in Dingen und Menschen um uns her. In Wahrheit müssen wir i n u n s e r e i g e n e s I c h hinabsteigen und dort (in dem vergänglichen Selbst) die Wirkung jener im Kosmos tätigen Gesetze suchen und finden, unter denen unser gesamtes Lassen und Tun steht.

Die Beschäftigung mit der Astrologie lehrt uns nicht nur d i e s c h w a c h e n S e i t e n u n s e r e s C h a r a k t e r s in voller Nacktheit erkennen, sie lehrt uns auch durch Berechnung die Zeiten finden, in denen wir jenen störenden Einflüssen und Heimsuchungen g a n z b e s o n d e r s ausgesetzt sind und uns daher im voraus gegen sie z u w a p p n e n, damit wir in Zeiten der Anfechtung möglichst aufrecht dastehen. Des Ferneren gibt uns aber die Beschäftigung mit der Astrologie wertvolle Fingerzeige, f ü r w e l c h e A r t v o n T ä t i g k e i t s i c h b e s t i m m t e Z e i t e n a m b e s t e n e i g n e n und für welche Zeiten unsere volle Kraftentfaltung unter den kosmischen Einflüssen gehemmt und gehindert wird. So lernen wir für jede Arbeit die günstigste Zeit wählen, lernen wuchern mit unserer Zeit und das Beste bieten, wozu unsere natürlichen Kräfte und Anlagen uns befähigen.

Alles, was geschieht im Weltall, regelt sich nach bestimmten unabänderlichen Gesetzen. Diese müssen wir kennen zu lernen suchen und unser gesamtes Tun und Lassen damit in Einklang bringen, damit wir in Harmonie mit den im Kosmos wirkenden Kräften leben. Denn nur in der vollen Harmonie mit jenen Kräften können wir uns frei entfalten. Sonst wirken diese störend und hemmend.

Wir empfinden alle die Einflüsse, denen wir unterworfen sind, wenn wir auch bisher uns nicht recht bewußt werden konnten, woher sie stammen und wie wir unser Leben einrichten müssen, um „mit dem Strom" zu schwimmen und „unsere Sterne zu beherrschen". Durch die Beschäftigung mit der Astrologie erfahren wir, welcher Art die Einflüsse sind, die uns begünstigen oder stören, so oder so zu handeln. Ihre Kenntnis gibt uns die Möglichkeit, uns über sie zu erheben und nicht ihre Sklaven zu sein, sondern unser Lebensschicksal mehr oder weniger selbst in die Hand zu nehmen. Wir sind vorher gewarnt; und das ist unseres Erachtens schon viel, sehr viel wert!

Nach der Astrologie ist der gesamte Kosmos in jedem Augenblick auf eine ganz bestimmte Schwingungs- (oder Ton-) höhe eingestimmt, die bestimmt wird durch das Verhältnis der Planeten zueinander und zu dem Punkte der Erde, wo die kosmischen Einflüsse, denen wir unterworfen sind, wirken und wahrgenommen werden. Die gegenseitigen Verhältnisse der Planeten werden hierbei als Aspekte bezeichnet; sie sind gewissermaßen die X-Strahlen des Kosmos. Sie machen den Körper empfänglich oder minderempfänglich für den kosmischen Einfluß, und zwar bereits im Augenblicke der Geburt.

Nach astrologischer Annahme ist der Mensch schon bei seiner Geburt eingestimmt auf die damals im Weltall herrschende Schwingungshöhe und bleibt dieser sein ganzes Leben lang mehr oder weniger unterworfen. Nicht daß er vollkommen unter deren Einfluß stehe und daher sein Schicksal vorausbestimmt sei, sondern: Sobald im Weltall dieselbe Ton- oder Schwingungshöhe wieder auftritt (die im Augenblick seiner Geburt dessen Kosmos beherrschte), machen sich jene Einflüsse auf den damals Geborenen besonders geltend. Da aber diese Schwingungs-

8

höhe jeden Augenblick sich ändert, so ist es für die Kenntnisse der be=
stimmenden Einflüsse erforderlich, die genaue Stunde der Ge=
burt zu kennen. Dies ist jedoch infolge der standesamtlichen Geburts=
register durchaus möglich. Mitzuteilen ist ferner außer dem genauen
Geburtsdatum der Geburtsort, da auch die Lage der Geburtsstätte mit=
bestimmend für die Schwingungshöhe ist. .

Mag man sich nun zu dieser Annahme der Astrologie stellen wie
man will (ich verlange von niemandem, daß er sie sich zu eigen macht!),
so wird man doch aus der Betrachtung seines Geburtshoroskops bald
entdecken, daß dieselbe mindestens insofern richtig ist, als die bei der
Geburt maßgebenden kosmischen Einflüsse sich auch im späteren Leben
stets in gleicher Weise fühlbar machen und entweder günstig oder un=
günstig auf das betreffende Individuum einwirken.

Auf Grund der späteren Anweisungen, die ich hierfür gebe, wird
jeder normal Begabte in der Lage sein, sich sein Horoskop einigermaßen
genau zu stellen und dabei die Bestätigung meiner Behauptung finden,
wenn er an Hand desselben sein bisheriges Leben nachprüft. Sich von
sogenannten „Astrologischen Instituten“ Horoskope senden zu lassen, ist
Nonsens! Denn für fünf oder zehn Mark ist niemand in der Lage,
ein Horoskop zu stellen. Hierzu gehört tagelange Arbeit, und ich würde
für niemanden (selbst nicht für meine besten Freunde) unter 250 bis
300 Mark ein auch nur annähernd ernst zu nehmendes Horoskop stellen
wollen.

Außer der Kenntnis der nachfolgenden Ausführungen über das
Horoskop 2c. benötigt man hierzu einer sogenannten Ephemeris des
Jahres, in dem man geboren ist. Man kann diese Tabellen durch
jede Buchhandlung beziehen. Ich empfehle hierzu die „Raphaels Astro=
nomical ephemeris of the planets' places“, die für alle Jahre von
1800 ab erhältlich sind.

Vom Kosmos.

Astrologisch rechnen wir zum Kosmos: Sonne, Mond, Merkur,
Venus, Erde, Mars, Jupiter, Saturn, Uranus und Neptun. Außer
Betracht bleiben die Asteroiden oder Planetoiden, Meteoriten und „die
Zigeuner des Weltalls“, die Kometen, weil unser Wissen von ihrem
Einfluß zu gering ist, als daß wir daraus einigermaßen genaue Schlüsse

ziehen könnten. Auch die Monde der verschiedenen Planeten lassen wir außer Betracht.

Aus der „astronomischen" Geographie wissen auch Sie, daß sich unser ganzes Planetensystem in zurückschreitender Richtung durch die zwölf Zeichen des Tierkreises:*) Widder, Stier, Zwillinge, Krebs, Löwe, Jungfrau, Wage, Skorpion, Schütze, Steinbock, Wassermann und Fische bewegt. Die Geschwindigkeit der Bewegung ist ungefähr 50" im Jahre.

Indem nun alle Planeten die Sonne umkreisen und wir diese Bewegung von der Erde aus beobachten, sehen wir Sonne und Planeten nacheinander durch die zwölf Zeichen des Tierkreises gehen und zwar mit umso größerer Geschwindigkeit, je näher sie der Sonne stehen (und zwar in der Reihenfolge, in der wir eingangs die Planeten nannten). Der Mond aber übertrifft selbst den schnellsten Planeten (Merkur) noch an Geschwindigkeit, denn er bewegt sich nicht nur mit der Erde in einem Jahre um die Sonne, sondern er hat auch noch seinen eigenen Lauf um die Erde, den er in weniger als 28 Tagen zurücklegt.

Zu dieser Bewegung um die Sonne tritt nun noch eine andere, nur scheinbare Bewegung der 12 Zeichen des Tierkreises sowie der Planeten und des Mondes infolge der Achsendrehung der Erde in 24 Stunden. Durch diese Drehung der Erde um ihre eigene Achse „läuft das ganze Himmelsgewölbe innerhalb 24 Stunden an jedem Punkte der Erdoberfläche einmal vorbei"; es muß also (durchschnittlich alle zwei Stunden) ein anderes Zeichen des Tierkreises sich über dem östlichen Horizont erheben.

Bei unseren astrologischen Berechnungen wird die Erde als Mittelpunkt des Kosmos angenommen, weil wir von dieser aus ja unsere Beobachtungen machen. Es ist durchaus logisch, daß der Mensch die Erde zum Mittelpunkt nimmt, wenn er den astrologischen Einfluß auf sich selbst berechnen will, wenn ihr auch die Astronomie daraus den schweren Vorwurf macht, daß sie damit das alte Ptolemäische und nicht das Kopernikanische System zum Ausgangspunkt ihrer Berechnungen mache. Unserer Meinung nach will der Unterschied hier wenig verschlagen, zumal wir Menschen alle uns selbst aus angeborener Neigung als das persönliche Zentrum von allem anzusehen gewohnt sind, was um uns her geschieht.

*) Die astronomischen „Geheimzeichen" für die schriftliche Darstellung der Zeichen des Tierkreises finden Sie im Anhang links von Abb. 1 unter Zeichenerklärung.

Die Astrologie legt ihren Berechnungen die sogenannte **S t e r n e n -
z e i t** (siderische Zeit) zugrunde, auf die sie immer erst die **O r t s -
z e i t** zurückführen muß, wenn sie nicht für jede 24 Stunden einen Fehler
von 4 Minuten machen will. Wir wissen ja, daß sich die Sonne ungefähr um einen Grad vorwärtsbewegt, während die Erde sich einmal
um ihre Achse dreht. Um also die Sonne **v o n   d e r   E r d e   a u s** wieder
genau im Meridian zu sehen, muß die Erde einen Grad mehr (als
360) umdrehen, wodurch der Tag sozusagen „um 4 Minuten verlängert'"
wird. Der astronomische Tag ist daher 24 Stunden und 4 Minuten —
während der **s i d e r i s c h e** nur 24 Stunden umfaßt.

In den astrologischen Planetentabellen (Ephemeris) wird der Stand
der Planeten angegeben **f ü r   d i e   M i t t a g s s t u n d e   d e r   S t e r n -
w a r t e   i n   G r e e n w i c h.** Für diejenigen Orte, die auf dem gleichen
Längengrad wie Greenwich liegen, haben wir also bei der Berechnung
der Planeten nur den Zeitunterschied **v o r   o d e r   n a c h** 12 Uhr mit-
t a g s in Ansatz zu bringen, während für alle Orte, die östlich oder
westlich von Greenwich liegen, **a u c h   d e r   Z e i t u n t e r s c h i e d   m i t
G r e e n w i c h** in Betracht gezogen werden muß. In Orten östlicher
Länge ist es für jeden Grad vier Minuten später als in Greenwich
(weil die Sonne dort früher aufgeht), in Orten mit westlicher dagegen
für jeden Längengrad vier Minuten früher. So ist es z. B. für Berlin, das ungefähr 15 Grad östlich von Greenwich liegt, 15 mal 4
Minuten (also rund eine Stunde) später als in Greenwich. Ist es
in Berlin 1 Uhr, so zeigt die Uhr in Greenwich erst 12 Uhr. Das ist
allgemein bekannt, wir müssen aber hierauf bei der Berechnung der
siderischen Zeit Rücksicht nehmen.

Um nun auch die zwölf **Z e i c h e n   d e s   T i e r k r e i s e s** im Horoskop festzustellen, müssen wir noch der geographischen **B r e i t e** des
Ortes Rechnung tragen, da leicht ersichtlich ist, daß sich die Zeichen schräger
erheben, wenn die Entfernung vom Aequator (geographische Breite)
größer wird. Doch mit Berechnungen brauchen wir uns hierbei
nicht abzuquälen, diese Arbeit nimmt uns die „Häusertabelle" ab, die
jeder Ephemeris beigegeben ist.

Nach der Astrologie entsprechen die zwölf Zeichen des Tierkreises
bestimmten **T e i l e n   d e s   m e n s c h l i c h e n   K ö r p e r s.** Je nach dem
Zeichen, in denen sich bestimmte Planeten im Augenblick der Geburt
befinden und je nach der Stellung der Zeichen des Tierkreises zur Erde
in jenem Augenblicke ist der Körper des Menschen anders gestaltet. Man
mag auch hierüber meinen, wie man will, eine Betrachtung des eigenen

Körpers an Hand des Geburtshoroskops wird auch dies in vielem bestätigen. (Verfasser hat nach Geburtshoroskopen wiederholt ihm vollkommen fremde Personen „bis aufs Haar genau" beschrieben.) Siehe hierüber später ausführlich.

Das Horoskop.

Wenn wir den Stand der 12 Zeichen des Tierkreises, sowie der Sonne, des Mondes und der Planeten im Augenblicke der Geburt und in ihrem Verhältnis zur Erde in diesem Moment in Zeichnung bringen, so entsteht das Horoskop.

Zur Veranschaulichung diene das Horoskop August Bebels, das wir im Anhang bringen. (Siehe Abbildung 1!)

Der äußere Kreis stellt die Ekliptik dar (das heißt den Kreis, den man sich am Himmel um die Erde gezogen denkt und in dem sich die Planeten bewegen).

Im Mittelpunkte dieses Kreises steht die Erde, resp. der Geborene, für den das Horoskop gestellt (gezogen) ist.

Die zwölf Geraden teilen den Kreis in die zwölf „Häuser" des Tierkreises, die der Einfachheit halber in der Zeichnung alle gleich groß genommen sind, obwohl sie dies in Wirklichkeit nur am Aequator sind.

Die wagerechte dickere Linie stellt den Aequator dar, ihr linker Endpunkt wird der steigende, ihr rechter der untergehende Punkt genannt (Osten oder Westen, auch Ascendent und Descendent).

Die Planeten in der Kreishälfte oberhalb des Aequators befanden sich im Augenblick der Geburt über, die in der unteren Kreishälfte unter dem Horizont.

Die senkrechte dickere Linie endet oben im Zenith (dem Mittelpunkt des Himmels) (Süden), unten im Nadir (Norden). Diese vier Punkte, die Winkel des Horoskops, sind für seine Beurteilung von größter Bedeutung.

Viele Planeten über der Erde (das heißt also Taggeburt), ist im allgemeinen günstig für den Geborenen. Es gibt ihm reiche Gelegenheit, sich zu betätigen. Die meisten Planeten unter der Erde (Nachtgeburt) deuten dagegen mehr auf Eigenschaften, die dem Geborenen keine Gelegenheit geben, seine Kräfte und Anlagen voll auszunutzen. Schon die einfache Kenntnis dieser Tatsache läßt viele wichtige Schlüsse auf

das spätere Fortkommen ziehen und danach manche vorbeugende Maß=
nahme treffen.

Die Planeten, die in die Winkel zu stehen kommen (vor allem
die im erhebenden und im Mittelpunkt), beeinflussen sowohl
den Charakter als auch den Lebenslauf und den Körperbau des
Menschen, insbesondere wird letzterer vom erhebenden Punkt (Osten)
stark bestimmt. Ist es der Astrologie geradezu glänzend gelungen, aus
Ort und Zeit der Geburt und der Kenntnis des Ascendenten ziemlich
genau die Körperform des Geborenen zu bestimmen, so vermag
ein einigermaßen erfahrener Astrologe andererseits aus dem Körperbau
und der Form des Gesichtes ebenso mit ziemlicher Genauigkeit die
Stunde der Geburt zu bestimmen.

Da sich die 12 Zeichen des Tierkreises auf einen Kreis (360 Grad)
verteilen, so ist jedes derselben 30 Grad groß: am Aequator gilt dies
auch von den zwölf Häusern des Horoskops. Je weiter wir uns aber
nördlich oder südlich von ihm entfernen, umso größer werden die Un=
regelmäßigkeiten der Häuser, sodaß es schon in unseren Breiten sehr
oft geschieht, daß im Horoskop zwei Zeichen des Tierkreises auf ein
und dasselbe Haus fallen. Im hohen Norden (Schweden, Norwegen)
können sogar drei und mehr Tierkreiszeichen über ein Haus zu stehen
kommen. In solchen Horoskopen haben wir alsdann auch mit aus=
fallenden Zeichen zu rechnen, denn es ist ersichtlich, daß andere
Zeichen wegfallen müssen, wenn in oder über einem Hause zwei oder
mehr derselben stehen.

Die 12 Zeichen des Tierkreises.

Dem Namen nach sind uns diese bereits bekannt: im folgenden
wiederholen wir sie und versuchen dabei, von jedem Zeichen die gute
und schlechte (günstige und ungünstige Aeußerung kurz mit ein
paar Worten zu charakterisieren, wobei wir ausdrücklich darauf hinweisen,
daß sich naturgemäß zwischen diese beiden Extreme eine große Zahl von
Uebergängen und Zwischenstufen einschieben, die bei der Wertung der
Einflüsse später berücksichtigt werden müssen. Im allgemeinen läßt sich
die Aeußerung der Zeichen nach der guten und der schlechten Seite hin
wie folgt charakterisieren:

Zeichen:	Aeußerung:	
	gute	schlechte
Widder	führend	irreleitend
Stier	standhaft	trotzig
Zwillinge	beweglich	schlau
Krebs	empfänglich	empfindsam
Jungfrau	detaillierend	kleinlich
Wage	harmonierend	trennend
Skorpion	mystisch	sinnlich
Schütze	freimütig	aufrührerisch
Steinbock	dienend	sich abmühend
Wassermann	idealistisch	chaotisch
Fische	universelle Liebe	moralische Schwäche

Widder, Wage, Krebs und Steinbock werden als die vier Haupt=zeichen; Stier, Skorpion, Löwe und Wassermann als die vier festen, Zwillinge, Schütze, Jungfrau und Fische als die vier beweglichen Zeichen bezeichnet.

Ferner unterscheidet die Astrologie diese zwölf Zeichen noch nach den vier Elementen, die sie vertreten, in Feuerzeichen (Widder, Löwe, Schütze), Wasserzeichen (Krebs, Skorpion, Zwillinge), Luftzeichen (Zwillinge, Wage, Wassermann) und Erdzeichen (Stier, Jungfrau, Steinbock).

Die Hauptzeichen beherrschen das Haupt und den Verstand.

Die festen Zeichen beherrschen die Seele und den Willen.

Die beweglichen Zeichen beherrschen den Körper und die ein=zelnen Sinnesorgane.

Treten in einem Horoskop die Mehrzahl der Planeten im Feuer=zeichen auf, so machen sie den Geborenen energisch, vorwärtsstrebend, impulsiv; die Mehrzahl der Planeten im Wasserzeichen macht den Geborenen empfindlich, träumerisch, scheu, zaghaft, romantisch, bequem. Im Luftzeichen machen die Planeten (wenn sie in der Mehrzahl in diesem auftreten) den Geborenen höflich, idealistisch, feinfühlig, doch viel=fach auch wankelmütig. Im Erdzeichen endlich äußern die Planeten ihren Einfluß auf den Geborenen darin, daß sie ihn ökonomisch, aufmerksam, taktvoll, geduldig, reserviert, vielfach praktisch, aber auch vielfach sich abmühend machen.

Bei der „Entzifferung" eines Horoskopes sind in erster Linie in Betracht zu ziehen die Einflüsse des steigenden Zeichens (Ascendenten), die Sonne, der Mond und von den Planeten derjenige, der das steigende Zeichen beherrscht.

Als Herrscher betrachtet hierbei die Astrologie den Planeten, dessen Einfluß in einem bestimmten Zeichen stärker zutage tritt als in einem anderen. Ohne uns hier auf die wissenschaftliche Erklärung all dieser Tatsachen und Annahmen einzulassen, müssen wir diese doch berücksichtigen, wenn wir anders ein einigermaßen genaues Horoskop stellen lernen wollen.

Wir merken uns hier: Herrscher des Widder ist der Mars, Herrscher des Stier die Venus, Herrscher in den Zwillingen Merkur, im Krebs der Mond, im Löwen die Sonne. Die Jungfrau wird vom Merkur beherrscht, die Wage von der Venus, Skorpion vom Mars. Jupiter herrscht im Schützen, Saturn im Steinbock. Herrscher des Wassermann ist Uranus, und Herrscher der Fische Neptun.

In derselben Reihenfolge beherrschen nun die Zeichen des Tier= kreises und die in ihnen herrschenden Planeten nachstehende Körper= teile: Kopf und Angesicht, Hals und Nacken, Lungen und Arme, Magen und Brust, Herz und Rücken, Gedärme und Bauchhöhle, Lenden und Nieren, Geschlechtsorgane und Blase, Oberschenkel und Hüften, die Kniee, Unterschenkel und Knöchel und endlich die Füße.

Zur noch genaueren Bestimmung der Planeteneinflüsse hat die Astro= logie jedes Zeichen (das bekanntlich 30 Grad umfaßt) wiederum in drei gleiche Teile (Dekanate) eingeteilt und berücksichtigt außer dem Herrscher des Zeichens auch den Planeten, dessen Einfluß sich neben diesem vor= wiegend geltend macht. Die drei Teile (oder Dekanate) des Zeichens haben alle den gleichen Herrscher, aber das zweite und dritte Dekanat haben außerdem als Mitherrscher den Herrscher der beiden Zeichen der= selben Gruppe (Feuer, Wasser, Luft und Erde).

Nachstehende Tabelle veranschaulicht die Herrscher und Mitherrscher der verschiedenen Zeichen:

Zeichen:	Herrscher:	Mitherrscher:
Widder (lat. Abkürz. Ar*)	Mars	1. Dek. Mars
		2. Dek. Sonne
		3. Dek. Jupiter
Stier (Ta)	Venus	1. Dek. Venus
		2. Dek. Merkur
		3. Dek. Saturn
Zwillinge (Ge)	Merkur	1. Dek. Merkur
		2. Dek. Venus
		3. Dek. Saturn, Uranus
Krebs (Cn)	Mond	1. Dek. Mond
		2. Dek. Mars
		3. Dek. Jupiter, Neptun
Löwe (Le)	Sonne	1. Dek. Sonne
		2. Dek. Jupiter
		3. Dek. Mars
Jungfrau (Vi)	Merkur	1. Dek. Merkur
		2. Dek. Saturn
		3. Dek. Venus
Wage (Li)	Venus	1. Dek. Venus
		2. Dek. Saturn, Uranus
		3. Dek. Merkur
Skorpion (Sc)	Mars	1. Dek. Mars
		2. Dek. Jupiter, Neptun
		3. Dek. Mond
Schütze (Sa)	Jupiter	1. Dek. Jupiter
		2. Dek. Mars
		3. Dek. Sonne
Steinbock (Ca)	Saturn	1. Dek. Saturn
		2. Dek. Venus
		3. Dek. Merkur
Wassermann (Aq)	Uranus, Saturn	1. Dek. Uranus, Saturn
		2. Dek. Merkur
		3. Dek. Venus
Fische (Pi)	Neptun, Jupiter	1. Dek. Neptun, Jupiter
		2. Dek. Mond
		3. Dek. Mars

---

*) Die Abkürzungen sind den lateinischen Namen für die 12 Zeichen des Tierkreises entnommen: Aries, Taurus, Gemini, Cancer, Leo, Virgo, Libra, Scorpio, Sagittarius, Capricornus, Aquarius, Pisces.

Auf weitere Einteilungen der Zeichen und Dekanate, wie sie vor allem die indischen Astrologen vornahmen (in Dwadashamsahs, Navamsas, Asteriums und Trimsamsas ꝛc.), brauchen wir keine Rücksicht zu nehmen. Für uns genügt es vollkommen, die Herrscher und Mitherrscher der einzelnen Dekanate zu berücksichtigen, wobei wir niemals vergessen dürfen, daß der Einfluß des Herrschers sich maßgebend, der der Mitherrscher dagegen nur sekundär bemerkbar macht, aber den Einfluß des Herrschers doch in gewisser Weise modifizieren kann.

Das steigende Zeichen.

Die äußere Körperform des Geborenen (sein Aussehen), sein Temperament und seine allgemeinen Charaktereigenschaften werden bestimmt (so lehrt die Astrologie) durch dasjenige Zeichen (oder den Teil eines Zeichens), das sich im Augenblick der Geburt am östlichen Horizont (beim steigenden Punkt) befand. Veränderungen dieser Einflüsse werden herbeigeführt durch die Zeichen, in denen Sonne und Mond stehen und die Planeten, die an besonderen Stellen des Horoskopes eine besonders starke Stellung einnehmen, z. B. im Zenith.

Nach diesen einleitenden allgemeinen Erklärungen, die ich (wie auch die folgenden) ohne umfassende wissenschaftliche Auseinandersetzungen gebe, betrachten wir nunmehr der Reihe nach den Einfluß der Zeichen des Tierkreises im steigenden Punkt oder Ascendenten, d. h. den Einfluß, den diese auf den Geborenen ausüben, wenn sich diese Tierkreiszeichen im Moment der Geburt am östlichen Horizont erheben:

1. Widder.

Der reine Widdertyp hat starken, muskulösen, zähen Körper, dünnen Hals, keilförmigen Kopf; Haar und Bart sind vielfach schwarz (Schnurrbart oft heller). Von Charakter heftig, hastig und impulsiv, schreckt er vor nichts zurück, und eine gute Gesundheit setzt ihn in den Stand, „durch Dick und Dünn" zu gehen. Er kann sich schwer unterordnen, sucht zu herrschen und zu führen.

Ungünstig äußert sich der Widdereinfluß bisweilen in Fanatismus und wirrem Gedankengang, sowie Lust zum Argumentieren, das keinen Gegenbeweis duldet.

Typus: Der reine Engländer.

2. Stier.

Kurze gedrungene Gestalt, meist kräftig, dicker Nacken, kurze gerade Nase; breite schwere Hände mit kurzen Fingern. Breite Schultern; reichliches, oft gelocktes Haar. Breite, meist niedrige Stirn, dicke Lippen, freundliche dunkle, von schweren Augenbrauen überschattete Augen.

Charaktereigenschaften: Standhaft und selbstbewußt (vielfach über= trieben bis zum Trotz). Stark in Neigung und Abneigung, sonst reserviert und bequem.

Typus: Der Ire.

3. Zwillinge.

Lange, gerade und hagere Gestalt, schmales Gesicht, gebogene spitze Nase. Scharfer und durchdringender Blick, meist braune Augen, dunkles Haar. Rascher Gang mit starker Armgestikulation. — Der niedrigere Zwillingstyp ist ruhelos, schlau (gerissen), lügnerisch, geschwätzig.

Zwillinge bringen viele Männer der Wissenschaft und vor allem große Redner hervor. Geben gesunden Körper, doch große Ruhelosigkeit.

Typus: Der Belgier.

4. Krebs.

Vielfach empfindlichen und nicht allzustarken Körper, in der oberen Hälfte stärker entwickelt als in der unteren. Runder Kopf mit wenig entwickeltem Kinn und meist kleinen Augen. Rundes blasses Gesicht mit großem, aber ausdrucksvollem Mund. Schüchtern und zaghaft, dabei überempfindlich für Eindrücke von außen. Festhaltend an einmal ge= bildeten Idealen. Oft starkes Gedächtnis.

Krebs ist das Zeichen der Sensitiven und der Medien; er erteilt die Gabe des Hellsehens 2c.

Typus: Der reine Holländer.

5. Löwe.

Meist groß und breitschultrig, gut gebaut, Oberkörper meist stärker entwickelt. Gewöhnlich blond, bisweilen rötlich. Große Augen in läng= lichem Gesicht, oft starkes Kinn. Auftreten und Sprache haben etwas Gebieterisches, das auch im Blick der Augen zum Ausdruck kommt. Liebe zum Herrschen und Impulsivität bringen viele Wandlungen im Leben des Löwetyps mit sich. Viel hängt daher bei diesem von einer guten Stellung der Sonne ab; der niedrige Löwetyp leidet an dummem Stolz und eingebildeter Unfehlbarkeit. Mut zeichnet jeden Löwetyp beson= ders aus.

Typus: Der Franzose.

6. Jungfrau.

Mittelgroß, gesetzte Statur, gut entwickelte Stirn mit schöner Run=
dung und voll in der Mitte. Augen und Haar dunkel. Von raschem
Auffassungsvermögen, erfinderisch, standhaft, vielfach zurückgezogen und
sehr ordnungsliebend (bis zur Pedanterei). Dieses Zeichen bringt vor
allem gute Geschäftsleute hervor, die sowohl infolge ihrer geistigen
Fähigkeiten, als auch ihrer zähen Ausdauer es zu etwas bringen.
Ungünstiger Einfluß zeigt sich in Egoismus und Neigung zu zersetzender
Kritik.

Typus: Der Schweizer.

7. Wage.

Meist langer, schlanker und gutgebildeter Körper, braune Augen
und dunkles Haar, obwohl man unter diesem Zeichen auch viele Blonde
mit blauen Augen findet. Ehrlicher, offener Gesichtsausdruck. Gerade
Nase. Von Charakter freundlich und hilfsbereit, manchmal etwas indo=
lent, aber fast immer sympathische Menschen. Wenig ausgeprägt ist der
Wille, sodaß sich dieser Typ sehr stark durch äußere Einflüsse und seine
Umgebung beherrschen läßt; oft ist er der Sklave seiner Gefühle. Talent
für die schönen Künste, vor allem für Musik. Der Wage=Typ sucht fast
um jeden Preis Unannehmlichkeiten aus dem Wege zu gehen.
Ehrlichkeit und Gerechtigkeitsgefühl sind stark ausgeprägt.

Typus: Der Oesterreicher.

8. Skorpion.

Starker muskulöser Körperbau, doch meist schlecht proportioniert.
Augen braun oder schwarz mit faszinierendem Ausdruck. Haar und
Bart meist schwarz oder kastanienbraun, vielfach gelockt.

Doch müssen gerade beim Skorpiontyp zwei klar getrennte Typen
unterschieden werden, ein höherer und ein niederer. Für den höheren
sind Stolz, Selbstachtung und hoher Idealismus ebenso charakteristisch
wie für den niederen Reizbarkeit, Eifersucht, Unversöhnlichkeit und
bisweilen Roheit. Der niedere Typ fühlt sich leicht gekränkt, ist daher
schwierig im Umgang und gibt sich gern und oft sinnlichen Genüssen hin.

Typ: Der Norddeutsche.

9. Schütze.

Wohlproportionierter gesunder Körper, hohe Stirn, blaue oder blau=
graue Augen und kastanienbraunes oder blondes Haar. Freundlicher,
ausdrucksvoller, offener Blick. Gerade, ein wenig gebogene Nase, helle
und frische Gesichtsfarbe.

Unabhängig, offen und freimütig, bisweilen reizbar, sehr impulsiv und kampflustig. Sehr reiselustig. Der h ö h e r e Typ ist religiös, friedfertig und barmherzig, der niedere oft launisch und bis zur Roheit heftig und brutal.

Typus: Der Spanier.

10. Steinbock.

Mittelmäßige Gestalt, langes Gesicht, große Nase. Nur sehr vereinzelt findet man unter diesem Zeichen schöne Gesichtszüge. Kluger Geist und viel Ausdauer. Denkt langsam und hält zäh an seinen Kenntnissen und Fähigkeiten fest. Gewöhnlich ernst und bedächtig. Schwerfällig in Neigung und Abneigung, aber Freundschaft und Feindschaft halten meist längere Zeit fest. Der Steinbocktyp blickt nur selten jemand gerade ins Auge, sein Blick ist fast immer zu Boden gerichtet. Die Augen (meist dunkel) werden vielfach von tiefeingepflanzten, zusammengewachsenen Brauen überschattet. Haar und Bart dunkel, vielfach schwarz, aber dünn. Hört sich gern öffentlich reden, spricht aber schwerfällig und uninteressant.

Typus. Der Bulgare.

11. Wassermann.

Auch unter diesem Zeichen hat man zwei verschiedene Typen, einen h e l l e n und einen d u n k l e n. Aber beide sind wohlgestaltete, meist schlank und von kräftigem gesundem Körper. Das Gesicht ist schmal, das Kinn länglich. Meist prachtvolle „eigenartig schöne" Augen. (Z. B. vergißmeinnichtblau mit schwarzen Augenbrauen bei blondem Haar!) Wassermanntypen haben in der Regel viele Freunde. Ihre ruhige, geduldige und ehrliche Natur paart sich oft mit einem scharfen philosophischem Geist, der vielfach mit rednerischer Begabung und einem feinen Gefühl für das Schickliche gepaart ist. Angeborenes Taktgefühl, Freunde der Kunst. Neigung zu Absonderung und Einsamkeit bei okkultistischem Studium. Man findet daher gerade unter diesem Zeichen viele Okkultisten, Mystiker, Forscher und . . Sektierer . . Die s c h w a c h e Seite des Wassermanntyps äußert sich in einem zu leichten Nachgeben gegen sonderbare Neigungen und Phantasien, die leicht in Abnormales und Krankhaftes ausarten. Vielfach ist der Wassermanntyp sehr leicht von Fremden zu beeinflussen, so selbständig er sonst auch in seinen Entschlüssen sein kann. Etwas schwerfällig in Neigung und Abneigung, aber treu in Freundschaft und tief in seiner Liebe.

Typus. Der Schwede.

26

12. Fische.

Kurzer fleischiger Körper, schwache Konstitution, empfindlich für alle äußeren Einflüsse. Blaßgraue, wässerige Augen. Vielfach blasse Gesichtsfarbe; Schultern oft rund. Arme und Beine kurz und plump. Haar fein, seidig. Ehrlich, gut und sanft, haben diese Menschen viel zu kämpfen gegen allerlei Mißgeschick und Enttäuschungen und kommen nie recht vorwärts. Sind meist dienstbereit und hilfreich, aber vielfacher Spielball äußerer Einflüsse.

Typus: Der Portugiese.

Die Planeten.

Von altersher unterscheidet die Astrologie nach der Art des Planeteneinflusses g u t e oder s c h l e c h t e Planeten oder wie man heute sagt: W o h l t ä t e r (Jupiter, Venus Sonne und bisweilen Neptun) und U e b e l t ä t e r (Saturn, Mars, Uranus), während Mond und Merkur als n e u t r a l bezeichnet werden können.

Wie die Zeichen, so können wir auch die Planeten nach ihrem Einfluß in F e u e r = (Mars Sonne, Jupiter), W a s s e r = (Mond und Neptun), L u f t = (Uranus und Merkur) und E r d planeten (Saturn und Venus) unterscheiden. Jeder Planet übt naturgemäß seine stärkste Wirkung aus in einem Zeichen der gleichen Natur. Der Feuerplanet Mars also in einem Feuerzeichen; ein Erdplanet in einem Erdzeichen 2c. In dem Zeichen, dessen H e r r s c h e r er ist, äußert sich seine Natur in voller Kraft.

Nachfolgend werden wir nun ähnlich wie bei den Zeichen des Tierkreises versuchen, auch für jeden Planeten die charakteristischen Merkmale seiner Typen festzustellen, wobei wir der Einfachheit halber die Sonne den Planeten zuzählen, wie dies ja bisher schon geschah.

A. Die Sonne.

Unter dem Einfluß der Sonne strebt der Sonnentyp nach Ehre, Macht und Ansehen. Starke und gute Stellung im Horoskop deuten auf moralische Festigkeit, schlechte und schwache auf Dünkel, Egoismus und Härte gegen Untergebene und Gleichgestellte. Bei starker Stellung macht die Sonne den Körper stark und knochig, gibt frisches Gesicht mit hoher und breiter Stirn und hellblondem, lockigem Haar. Die Haltung ist selbstbewußt und gebieterisch, der Blick scharf und durchdringend. Der

Geborene ift schnell gereizt, aber leicht verföhnlich. Ungünstig äußert sich der Sonneneinfluß bei starker Stellung in Arroganz, Trotz und Oberflächlichkeit, Ruhelosigkeit und nicht selten Grausamkeit.

B. Der Mond.

Wo der Mond im Horoskop eine sehr starke Stelle einnimmt, bringt er kleine, gedrungene Gestalt mit kurzen Armen und Beinen hervor. Volle Hände und kleine Füße. Rundes, blasses Gesicht, graue Augen. Sympathischer, aber unbeständiger Charakter. Bei schlechten Aspekten macht der Mondeinfluß übermäßig sensitiv, mißtrauisch, faul, melancholisch, feige. Diejenigen, die stark unter den Einfluß des Mondes geraten, führen vielfach ein Zigeunerleben, sehnen sich nach Veränderung und schmachten dabei im Grunde ihres Herzens doch nach einem ruhigen und behaglichen Heim. Außerordentlich empfindlich für alle von außen kommenden Eindrücke und in der Regel ein wechselvolles, unstetes Leben. Leiden oft an Schwermutsanfällen . . . Steht der Mond bei sonst guter Stellung der Planeten in einem Winkelhaus, so verspricht er ein erfolgreiches Leben.

C. Merkur.

Macht den Körper mager und schlank, mit langen Armen und Beinen. Langes schmales Gesicht mit langer, vielfach hervorstehender Nase. Haar und Bart dünn und schwarz. Gut entwickelte Denkerstirn. Gang und Bewegungen sind rasch und etwas stürmisch. Merkureinflüsse erzeugen Männer der Wissenschaft und gute Redner und Schriftsteller. Egoismus, Eigensinn und Rechthaberei, sowie Selbstüberschätzung sind die schwachen Seiten dieses Typs. Merkurtypen neigen leicht zur Besserwisserei. Mit ihnen zu streiten ist zwecklos.

D. Venus.

Wenn Venus im Horoskop eine starke Stellung einnimmt, so führt sie zu früher Anziehung durch das andere Geschlecht, sowie zur Liebe für alles, was schön und gut und harmonisch ist, aber auch zu Sinneslust und Vergnügungssucht. Sonst gibt Venus eine kurze, volle Gestalt mit rundem, vollem Gesicht, freundlichen Augen, vielfach Grübchen in Wangen, im Kinn und eine angenehme Stimme. Ihr guter Einfluß macht den Geborenen hilfreich und künstlerisch veranlagt, vielfach aber sorglos und sinnlich.

E. Mars.

Gibt bei guter starker Stellung einen hochgewachsenen, starken Körperbau mit magerem Kopf, der oben bei den Schläfen sehr breit ist. Spitzes

Kinn. Starker Knochenbau. Rotes oder hellblondes, lockiges Haar. Der Charakter ist kampflustig, mutig, dabei aber edelmütig, jedoch heftig und von Zeit zu Zeit aufbrausend, wild und jähzornig. Schreckt vor nichts zurück; stark in seinen Begierden. Der niedere Marstyp ist grausam, verräterisch, roh. Wenn Mars mit Saturn zusammenwirkt, so entsteht der reine Banditen-, Verbrecher- und Mördertyp.

F. Jupiter.

Kräftiger und gut gebauter Körper mit Anlage zur Korpulenz. Hohe Stirn. Neigung zur Kahlköpfigkeit. Volle Augen, offener Blick. Frische und helle Gesichtsfarbe, vielfach helles Haar.

Jupiter macht wohlwollend, menschenfreundlich und aufrichtig; bei schlechter Stellung jedoch eitel, stolz, selbstsüchtig, eingebildet, scheinheilig. Jupitertypen neigen zur gewollten Jovialität.

G. Saturn.

Mager, etwas gebückte Gestalt, langes, eingefallenes Gesicht mit schwarzem Haar, dünnem Bart und dunklen finsteren Augen, die vielfach auf den Boden gerichtet sind. Abstoßendes Wesen, daher auch am liebsten allein. Nichts gelingt ihm; er verbreitet Traurigkeit, Unzufriedenheit und Elend um sich. Ein starker Saturn in einem Horoskop gibt einen guten und in allen Stürmen zuverlässigen Freund, auf den man felsenfest bauen kann. Auch verleiht er Ausdauer, Arbeitskraft, Umsicht und Takt. Hang zur Einsamkeit ist aber auch ihm (wenigstens im Alter) eigen. Im Ehehaus (Haus 7) deutet Saturn immer auf eine verspätete, mit großen Schwierigkeiten und Hindernissen verknüpfte Verheiratung.

H. Uranus.

Erzeugt vielfach Sonderlinge, die nicht nur von anderen nicht verstanden werden, sondern sich selbst nicht verstehen können. Sie sind exzentrisch; in inneren Neigungen und Anschauungen, seltsam und bisweilen töricht in ihren Manieren und Gewohnheiten. Lieben das Außergewöhnliche (Liebhabereien!) und beschäftigen sich gern mit dem Studium von Dingen, von denen andere ihre Finger lassen (auch in der Kunst: Futuristen, Kubisten ꝛc.).

J. Neptun.

Unter seinem Einfluß wird das Empfinden vielfach nebelhaft und vage. Vor allem geraten Künstler leicht unter den Einfluß Neptuns, der sich bei ihnen in auffallender Kleidung (langen Haaren) und durch übermäßigen Genuß des „Nassen" kundtut. Das Unbestimmte ist das Cha-

rakteristische am Neptuneinfluß, das Unreife, das noch nicht Gestalt
gewonnen hat. Oft gibt er Neigung zu Talenten, und bei hoher Ent=
wicklung des Neptuntyps bringt er bisweilen sogar wahres Genie, aber
vor allem in der Kunst läßt er das unklare Gefühl über den Verstand
dominieren und schafft nebelhafte Gebilde.

Neptun im Ascendenten gibt vielfach große, hellblaue Augen und
ein stark runzeliges Gesicht.

Die astrologischen Häuser.

Wir haben bereits einmal darauf hingewiesen, daß wir den Kreis
(durch den wir im Horoskop die Ekliptik darstellen) nicht nur nach den
zwölf Zeichen des Tierkreises einteilen, sondern nebenher diese zwölf
Abteilungen jenes Kreises als die zwölf astrologischen Häuser (mit bezug
auf unsere Erde) betrachten. In unserem Horoskop haben wir die ver=
schiedenen Häuser durch Zahlen angedeutet und sehen hierbei, daß das
erste Haus der Teil u n t e r dem östlichen Horizont ist, das zwölfte be=
findet sich an dieses anschließend ü b e r dem östlichen Horizont.

Jedes der zwölf Häuser vertritt im Horoskop ein bestimmtes B e =
t ä t i g u n g s f e l d des Geborenen und zwar haben hierbei die Häuser
1, 5 und 9 Bezug auf den Geborenen selbst (auf seinen Körper, sein
Ringen, sich emporzuheben und den Einfluß, der hierdurch auf seine
niederen Triebe ausgeübt wird); die Häuser 2, 6 und 10 beziehen
sich auf alles, was dem Menschen auf seinem Lebenswege förderlich
oder hinderlich sein kann (Besitz und Liebe, Diener, Nahrung und Ge=
sundheit, gesellschaftliche Stellung, Ruhm, Ehre und Ansehen); die Häuser
3, 7 und 10 deuten die Beziehungen an, in die er zu anderen Menschen
tritt (Geschwister und weitere Blutsverwandte, Gatten, Teilhaber und
Genossen, Freunde und Feinde). Die Häuser 4, 8 und 12 endlich be=
ziehen sich auf das Ende aller Dinge und zwar der Reihe nach auf
Alter, Tod und die „Läuterung".

Im einzelnen betrachtet vertreten die zwölf Häuser:

1. Haus: die äußere Erscheinung und den allgemeinen Charakter.
Verstand und allgemeiner Gesundheitszustand. Persönlichkeit und Handeln.

2. Haus: finanzielle Verhältnisse, Beweglicher Besitz, Frieden,
Freiheit.

3. Haus: Geschwister, Verwandte, Nachbarn, Erziehung, Studium,
Reisen. Schriften, Briefe, Fähigkeiten.

4. Haus: Familie und häusliche Liebe, ererbte Neigungen. Fester Besitz.

5. Haus: Vergnügungen, Freuden, Liebesangelegenheiten, Spekulationen, Spiel, Kinder.

6 Haus: Haus der Krankheiten, sowie Hygiene, Kleidung. Aber auch Dienerschaft und Dienstbarkeit.

7. Haus: Haus der Ehe, Teilhaberschaft, Gesellschaft, Vereinsleben. Oeffentliche Gegner. Gerichte.

8. Haus bezieht sich auf den Tod und alles, was damit im Zusammenhang steht. Testamente, Vermächtnisse, Erbschaften.

9. Haus: Erziehung und alles, was darauf Bezug hat. Religion und Philosophie. Lange Reisen in ferne Länder (Forschungs= und Entdeckungsreisen) 2c. Träume und Visionen 2c.

10. Haus: Beruf und Amt, Ehre, Macht und Ansehen, zugleich aber den moralischen Standpunkt des Geborenen andeutend.

11 .Haus: Freundschaft und Feindschaft. Offene und geheime Gegner. Stille und hoffnungslose Liebe.

12. Haus: Das Haus der Sorgen, Prüfungen und Beschränkungen. Gefängnis, Kloster, Krankenhaus, wie alles, was sich auf Absonderung bezieht.

Die Planeten im steigenden Zeichen.

In einem früheren Kapitel haben wir den allgemeinen Einfluß der Planeten kennen gelernt, das heißt also den Einfluß, den der Planet in einem bestimmten von ihm beherrschten Zeichen (oder auch als Mitherrscher dieses Zeichens) ausübt.

In stärkster Weise macht nun aber der Planet seinen Einfluß auf den Geborenen geltend, wenn er im Augenblick der Geburt im steigenden Punkt (östlichen Horizont, Ascendenten) stand und wir müssen, um später möglichst genaue Horoskope herauszubringen, auch diesen Einfluß kurz würdigen. Doch beschränken wir uns auf die Wiedergabe der wesentlichsten und vor allem der modifizierenden Einflüsse.

1. Die Sonne im Ascendenten: Macht den Körper stärker und verleiht frische Lebenskraft. Weiße Hautfarbe, helles oder goldblondes Haar. Blaue Augen, stark entwickeltes Kinn . . Starkes Selbstgefühl, optimistische Lebensauffassung. Ehrlich und treu und von starkem Wollen.

2. Der Mond im Asc.: Macht Gesicht und Stirn breit, Nase klein und an der Spitze vielfach knotenförmig aufgestülpt („Himmelfahrts=

naſe"). Kleinerer Körperbau mit abgerundetem Formen. Hände und Füße klein. Sehr empfänglich und ſenſitiv, fortwährend nach Veränderung verlangend. Klarer Verſtand und reiche Gelegenheit, ſchnell vorwärtszukommen. Wißbegierig (vielfach neugierig), leidenſchaftlich und impulſiv.

3. M e r k u r im Aſc.: Schlanker Körper, ſchwarzes Haar und vielfach graue Augen mit ſcharfem Ausdruck. Lange ſchmale, ſpitze Naſe, vielfach gebogen. Dünne Lippen. Nervös und beweglich.

V e n u s im Aſc.: gibt einen ſchönen Körper mit rundem Geſicht und vollen, geſchwungenen Lippen, gerade, kurze Naſe, vielfach braune (aber auch bisweilen blaue) Augen mit freundlichem Ausdruck. Höflich und freundlich. Ovales, bisweilen aber auch zu breites Geſicht. (Venus gibt vielfach Grübchen in Kinn und Wangen.) Anziehend im Aeußeren und Auftreten, rein und aufrichtig, macht ſich gern bei allen beliebt durch ſein liebenswürdiges Weſen.

5. M a r s im Aſc.: gibt helles oder rotes Haar, der Schnurrbart iſt heller als Haar und Bart. Raſcher und durchdringender Blick. Gut geformte Naſe, im oberſten Drittel etwas gebogen. Dünne Lippen, ſtarkes Kinn. Schöngeſchwungene Augenbrauen. Vielfach eine Narbe oder ein Schönheitsfehlerchen im Geſicht. Selbſtvertrauen. Mut und Kraft, Energie, Liebe zum Argumentieren, zugleich aber Edelmut.

6. J u p i t e r im Aſc.: Macht menſchenfreundlich und zuvorkommend, gibt einen fleiſchlichen Körper, volles Geſicht mit vollen Augen, die bisweilen ſogar hervorquellen. Viereckiges Kinn. Friſche Geſichtsfarbe, helles oder braunes Haar. Freier, offener Blick, aber ſcharf und feurig im Augenblick der Erregung. Kahlköpfigkeit kommt beſonders oft unter ſeinem Einfluß vor, doch verheißt er ſonſt Glück und Erfolg im Leben.

7 S a t u r n im Aſc.: gibt eine lange hagere Geſtalt mit länglichem Kopfe. Braune oder blaue Augen und dunkles Haar. Langſam in Bewegung und ernſt im Auftreten. Ausdauernd, geduldig, ökonomiſch, vielfach religiös. Saturn iſt ein Feind aller Oberflächlichkeit.

8 U r a n u s im Aſc.: Unergründliche Augen, ſtahlblau oder bläulich. Große, ſcharf gebogene Naſe. Seltſam im Auftreten, haſtig, vielfach ſchwer zu verſtehen. Starke Neigung für die okkulten Wiſſenſchaften und ſtarkes Unabhängigkeitsgefühl. Ordnen ſich nur ſchwer unter.

9 N e p t u n im Aſc.: gibt vielfach große, träumeriſche Augen. Sein Einfluß iſt noch ſehr wenig bekannt. Beim höher ſtehenden Typ

26

führt er zu Genialität und Künstlertum, beim niederen oft zu widrigen Gewohnheiten. Morphinisten sind oft Neptuntypen dieser Art, ebenso Trunkenbolde 2c.

Die Planeten in den verschiedenen Häusern.

Wie den Einfluß der Planeten in den verschiedenen Zeichen, so würdigen wir nunmehr noch den Einfluß derselben in den verschiedenen Häusern (soweit diese hauptsächlich für den Geborenen in Betracht kommen):

A. Die Sonne:

Im Haus 2 verspricht die Sonne finanziellen Erfolg, macht aber, wenn sie schlecht gestellt ist, verschwenderisch.

Im dritten Haus deutet die Sonne auf viele kurze Reisen. Gibt Erfolg in allen Arbeiten dieses Hauses (literarischen Arbeiten), stellt Hilfe von Freunden und Nachbarn in Aussicht oder Neigung und Freundschaft für solche und von solchen.

Im 4. Haus ist die Sonne günstig für die Erlangung festen Besitzes. Prophezeit ein glückliches Alter und Erfolg in der zweiten Hälfte des Lebens'.

Im 5. Haus gibt die Sonne Liebe für das Gemeinschafts= und Vereinsleben, aber auch für Spekulationen und für Vergnügungen.

Im Haus 6 ist die Stellung der Sonne fast immer schlecht für die Gesundheit, zumal wenn sie zu den anderen Planeten (insbesondere Saturn und Mond) schlecht gestellt ist.

Im 7. Haus ist die Sonne gut für Mitarbeiter, für die Ehe, Teilhaberschaft, öffentliche Stellung. Bei schlechter Stellung zu den anderen Planeten Unglück in der Ehe, Mißgeschick in Kompagniegeschäften 2c.

Ins 8. Haus kommt alles, was mit dem Tod im Zusammenhang steht, wie Erbschaften und Vermächtnisse. Wenn schlecht gestellt zu den anderen Planeten, so deutet die Sonne einen frühen oder gewaltsamen Tod an. Todesart wird vor allem angedeutet durch das Zeichen.

Im 9. Haus gibt die Sonne Erfolg in wissenschaftlichen (besonders religiösen und philosophischen) Studien, sowie Neigung, durch lange Reisen seine Kenntnisse zu vermehren.

Im 10. Haus bringt die Sonne Aemter und Stellen, mit denen eine größere Verantwortung in der Oeffentlichkeit verbunden ist. Fast alle regierenden Fürsten haben die Sonne im 10. Haus, soweit sie nicht

Jupiter im Zenith oder Ascendenten haben. Er gibt in diesem Haus Ehre, Erfolg im Leben und in Geschäften.

Im 11. Haus gibt die Sonne treue und einflußreiche Freunde und verheißt Erfüllung der gehegten Wünsche und Hoffnungen.

Im 12. Haus ist die Sonne immer ungünstig, weil sie den Geborenen zwingt, sich im Hintergrunde zu halten. Vielfach geheime Feindschaft und Anfeindungen, Trennung von der Familie.

B. Der Mond.

In 2: Viel Erfolg in Geldgeschäften, vor allem, wenn diese mit Flüssigkeiten in Verbindung stehen.

In 3: Neigung zu kurzen Reisen. Gutes Verhältnis zu Geschwistern und Verwandten. Leicht empfänglicher Verstand und Neigung zu Studien.

In 4: Viele Veränderungen in der zweiten Hälfte des Lebens. Erfolg im Landbau oder als Bauunternehmer. Häufiger Wechsel des Wohnortes, aber dennoch gutes Vorwärtskommen.

In 5: Viel Kinder, Liebe zu Vergnügungen und Freuden. Bei schlechter Stellung zu Saturn viele Krankheiten, besonders bei Kindern. Unbeständige Freundschaft.

In 6: Neigung zu Lungenkrankheiten (Tuberkulose), Hals-, Blasen- und Herzaffektionen. Fast immer ungünstig für die Gesundheit.

In 7 deutet der Mond auf eine frühe Ehe, wenn nicht Saturn schlecht zu ihm gestellt ist. Bei schlechter Stellung große Disharmonie mit Gatten oder Teilhaber oder früher Tod derselben. Hier weist der Mond hin auf Unbeständigkeit der Neigung sowohl beim Mann als bei der Frau. Auf Treue läßt sich nicht rechnen. Das gleiche gilt für den Teilhaber. Im Vereinsleben deutet der Mond zwar Popularität an, aber von nur kurzer Dauer.

In 8 deutet Mond auf Erbschaften oder Vermächtnisse von Eltern oder Verwandten. Bei Nähe von Uebeltätern auf frühen oder gewaltsamen Tod, bei Saturnnähe auf ein langes und schmerzliches Krankenlager, bei Neptun auf Tod durch Opium oder Morphium.

In 9: Große Reisen und wiederholte Veränderungen. Lust und Neigung zum Studium religiöser und philosophischer Fragen. Oft Neigung zum Mystischen.

In 10: Viele Veränderungen im Beruf und kein rechtes Vorwärtskommen trotz allen guten Willens. Große Gefahr für den Verlust von Ehre und Vermögen. Zahlreiche Schwierigkeiten bei allen Unternehmungen geschäftlicher Natur.

In 11: Viele Bekannte, angenehmer Umgang und Hilfe von diesen. Meist jedoch nur oberflächliche Freundschaften. Bei schlechter Stellung Verluste und Unannehmlichkeiten durch Freunde und Bekannte.

In 12: Vor allem wenn schlecht gestellt, sehr ungünstig. Bringt viele geheime Gegnerschaft und Hindernisse aller Art. Kann zu Gefangenschaft und anderen Beschränkungen der persönlichen Freiheit führen. (Neigung zu klösterlicher Einsamkeit.) Die besten Chancen bietet für solche die Betätigung in allen Anstalten, die zurückgezogenem Leben dienen (Krankenhäuser, Gefängnisse 2c.).

C. Merkur.

In 2: Gut für Erfolge in wissenschaftlichen Arbeiten, Schriftstellerei, Vorträge, Reden, Unterricht 2c.

In 3: Viele kleine Reisen und Erfahrungen durch diese. Große Liebe zu Studium und vielfach Beredsamkeit.

In 4: Aenderung des Wohnortes und häusliche Schwierigkeiten.

In 5 kann Merkur viel Sorgen mit Kindern bringen, Schwierigkeiten in Herzens= und Liebesangelegenheiten oder Verlust durch Spekulation.

In 6: Deutet auf schwache Nerven, Ruhelosigkeit, Angst, Neigung zur Ueberarbeitung.

In 7: Oeffentlicher Wirkungskreis. Gewandter Teilhaber oder geschickter Ehegatte. Gattin ist in der Regel jünger, aber . . selbstbewußt, sodaß Reibereien nicht ausbleiben.

In 8: Bei guter Stellung starke Gesundheit und langes Leben. Ruhiger Tod bei vollem Bewußtsein. Die Planeten und Zeichen deuten die Todesart 2c. an.

S. 9: Gute geistige Fähigkeiten, Liebe zu wissenschaftlichen Studien, Erfolg in der Schriftstellerei.

In 10: Ist sehr günstig für Macht und Ansehen, gibt aber zugleich große Verantwortung.

In 11: Freunde, die jünger sind als der Geborene; mehr verstandesmäßige Freundschaften. Das Zeichen über dem Haus deutet die Art der Freunde näher an.

In 12: Es fehlt dem Geborenen die Gabe, sich „zu geben"; er wird daher meist nicht verstanden. Mangel an Selbstvertrauen und Standhaftigkeit.

D. Die übrigen Planeten.

Es würde zu weit führen, den Einfluß eines jeden Planeten auf die einzelnen Häuser zu zeigen. Dies erübrigt sich jedoch auch, zumal jeder selbst in der Lage ist, aus der Art des Planeten den Einfluß auf das betreffende Haus abzuleiten. Die allgemeinen Einflüsse der Planeten sind uns ja bekannt, und wir brauchen diese daher nur unter Berücksichtigung ihrer Stellung zu den im gleichen Hause oder in dessen Nähe stehenden angemessen auf die Bedeutung dieses Hauses anzuwenden.

Zur Erleichterung der Würdigung sei an dieser Stelle noch einmal die allgemeine Wirkung der Planeten in den einzelnen Häusern tabellarisch zusammengestellt:

Die Sonne bringt Ruhm, Ehre, Anerkennung, Gunst; bei schlechter Stellung das Gegenteil.

Der Mond bringt Aenderungen und Reisen.

Merkur gibt Beweglichkeit und Anpassungsvermögen, gutes Gedächtnis. (Störungen immer das Gegenteil.)

Venus bringt Glück und Harmonie.

Mars: Arbeitskraft, Ueberfluß, Impulsivität.

Jupiter: Ueberfluß, Vermehrung, Religion.

Saturn: Einfachheit, Tiefe und Konzentration.

Uranus: Impulsivität, Exzentrizität und Originalität.

Neptun: Genie, Künstlertum.

Die Planeten in den zwölf Zeichen des Tierkreises.

Wenn Sie bisher mit einiger Aufmerksamkeit meinen Darlegungen gefolgt sind, so wird es Ihnen ohne weiteres einleuchten, daß auch der allgemeine Einfluß der Planeten auf den Geborenen eine Modifizierung erfährt durch die Zeichen, in denen die Planeten stehen und die Stellung zu den benachbarten Planeten. Auch diese Einflüsse müssen wir daher bei der Entzifferung der Horoskope berücksichtigen, was furchtbar schwer aussieht, es aber in Wirklichkeit garnicht ist. Wir kennen ja die allgemeinen Einflüsse sowohl der Zeichen als auch der Planeten und können daraus auch leicht unsere Schlüsse ziehen, wie der Einfluß des einen den anderen abschwächen oder verstärken wird und muß. Unter Berücksichtigung dieses Umstandes werden wir uns daher bei der Betrachtung dieser Einflüsse ziemlich kurz fassen:

A. Die Sonne in den 12 Zeichen.

Im Widder gibt die Sonne Energie und Liebe zum Handeln, Neigung, andere zu leiten, starke Willenskraft und Impulsivität. Selbstgefühl und eine gewisse Leichtherzigkeit, Lebensfreudigkeit und gute Gesundheit des Körpers.

Im Stier: Großes Selbstvertrauen und Starrköpfigkeit. Takt und Selbständigkeit, meist aber nicht besondere Intelligenz. Dogmatisch und konservativ. Sehr eingenommen von sich selbst, wenn auch gutmütig. Lieben nicht die Veränderung und sind am liebsten da, wo sie es „gut haben". Regen sich nicht gern unnötig auf, vermeiden daher Kritik. Verläßlich in finanziellen Angelegenheiten und daher sehr gesuchte Teilhaber und Ehemänner. Meist glückliche Hausväter, unermüdliche und unverdrossene Arbeiter. Vielfach Liebe für Musik und Kunst, wenn auch ohne eigentliches Verständnis.

In Zwillinge: Höflich. Bald vertrauensvoll, bald zögernd, aber meist freundlich und gut gelaunt. Rasch auffassend und empfänglich. Liebe zu Kunst und Wissenschaften, in die er aber nicht tiefer eindringt. Liebt Reisen und Sport, ist geschickt, redet gern und gut, eignet sich daher zum Redner, Lehrer, Schriftsteller, Verleger, Reisenden 2c.

Im Krebs: Große Zähigkeit, die sich besonders in treuem Gedächtnis äußert, bisweilen geizig und habgierig. Grundton des Charakters ist dabei Freundlichkeit und Edelmut, oft gepaart mit einer gewissen Scheu und Zurückhaltung infolge geringen Selbstvertrauens. Schwacher Wille. Fühlt sich am wohlsten „zuhause". Ist bescheiden, kann aber nicht haben, daß man ihn übersieht oder „schneidet", vertieft sich gern in die Vergangenheit, vor allem in die Traditionen seiner Familie.

Im Löwen: Treu und edel, keiner Niederträchtigkeit fähig, liebt er Macht und Autorität. Stolz und vornehm im Auftreten, läßt er sich doch bisweilen zur Entrüstung hinreißen, wird aber auch in dieser niemals gemein. Fügt sich nur schwer in untergeordnete Stellungen, ist hilfsbereit und leutselig, wenn auch manchmal nicht ganz frei von Anmaßung.

In Jungfrau: Erfinderisch, wählerisch, oft selbstsüchtig, immer kritisch. Detailliert viel. Neigt zum Zweifeln. Sehr wählerisch auch in Aeußerlichkeiten infolge starken Verlangens nach absoluter Reinheit. Nörgler im Essen! Mangel an Selbstvertrauen, fühlt sich daher in untergeordneter dienender Stellung am wohlsten.

In Wage: Dem Verlangen nach Gleichgewicht und Harmonie entspringt eine große Liebe zur Kunst. Idealismus, aber wenig Willens-

31

kraft und Ausdauer. Große Ordnungsliebe. Oft Neigung zu Reisen und Absonderung. Infolge der Gleichmäßigkeit seines Wesens und Auftretens beim andern Geschlecht vielfach sehr beliebt. Gerecht und geneigt, im Dienst der Allgemeinheit zu wirken.

Im Skorpion: Starkes Selbstbewußtsein und Stolz. Bisweilen tyrannisch, mißtrauisch, eifersüchtig. (Im übrigen ist hier zu berücksichtigen, was bei dem Einfluß der Planeten im steigenden Zeichen gerade bezüglich der zwei Skorpiontypen bereits gesagt wurde.)

Im Schützen: Unabhängiger Charakter. Leicht begeistert, mit religiösen und philosophischen Neigungen. Edelmütig und ehrlich, aber stolz, reizbar und bisweilen heftig, wenn auch sein Zorn schnell verraucht. Strebt nach dem Höheren und verabscheut alles Niedrige und Gemeine. Ist meist sehr mitteilsam und hat gern jemand um sich, dem er seine Gedanken mitteilen kann. Hat aber wenig Geduld, auch eine fremde Meinung zu hören. Liebe zu Sport (besonders zu Pferden) und für Reisen. Angeborene Neigung, seinen Wohnort oft zu wechseln, befähigen ihn besonders zum Missionar, Redner, Reisenden 2c.

Im Steinbock: Dogmatisch, praktisch, ruhig und überlegend, mit großer Ausdauer seinem Ziel nacheifernd. Sein feuriges Verlangen, hoch zu steigen, bringt es mit sich, daß er (beim Vorhandensein aller übrigen Bedingungen hierzu) fast immer Erfolg hat, wenngleich sich ihm viele Schwierigkeiten entgegenstellen. Wenig mitteilsam und daher meist allein. Hat nur selten Freunde. Er ist sowohl ein guter Herr wie ein gehorsamer Diener.

Im Wassermann: Allgemeine Menschenliebe. Große Liebe zur Kunst. Vorsichtig, taktisch, sympathisch, geduldig und ausdauernd. Liebt die Gemütlichkeit und ist ein angenehmer Gesellschafter. Mit gegebenen Versprechen nimmt er es indeß nicht immer ganz genau. Reinster Optimismus wechselt oft mit schwärzestem Pessimismus.

In den Fischen: Vielfach „unverstandene" Charaktere, die durch allerlei „Umstände" an der vollen Entfaltung gehindert werden. Obwohl von Natur freundlich und sympathisch, stoßen sie überall an, finden nirgends, was sie suchen. Glück kennen sie nicht. Ueberall stoßen sie auf Schwierigkeiten und Widerstand. Es fehlt an Vertrauen in ihre eigene Kraft und Willensstärke, sie sind daher meist abhängig von anderen und lassen sich von diesen vollkommen beeinflussen. Opfern sich gern für andere auf. Eignen sich am besten für dienende Stellungen. Aufrichtig, gemütlich, aber unbeständig.

B. Der Mond in den 12 Zeichen.

Widder: Lebhaft, unabhängig, impulsiv, Selbstvertrauen, Kampf= lust. Neigung zur Führerschaft.

Stier: Ausdauernd und trotzig. Konservativ. Freundlich und nachgiebig, aber sinnlich.

Zwillinge: Beweglich, unbeständig, unschlüssig. Liebt Reisen, Wandern, Besuchemachen. Geschickt und tüchtig und guter Redner.

Krebs: Sparsam. Häusliche Liebe. Freundlich und angenehm, aber unbeständig in der Freundschaft. Ahmt gern andere nach. Liebt Seereisen.

Löwe: Freundlich, treu, ausdauernd und ehrlich. Stolz. Liebt das weibliche Geschlecht und den Luxus.

Jungfrau: Unentschlossen und kritisch. Detaillierend. Eignet sich mehr als Diener denn als Herr. Wie geschaffen zum Boten, Reisenden, Lehrer, Schreiber 2c. (Nach unseren heutigen Begriffen, die leidergottes recht wenig „zeitgemäß" sind.)

Wage: Höflich und angenehm im Umgange, daher viele Freunde, von denen er stark beeinflußt wird. Neigung, im Verein mit anderen tätig zu sein. Große Anziehung zum anderen Geschlecht. Liebe zur Kunst.

Skorpion: Standhaft, anmaßend, trotzig, rachsüchtig, bisweilen sogar roh (oft Trinker). Wohl große Anziehung zum anderen Ge= schlecht, doch führt eine eheliche Verbindung meist zu unglücklichen Ver= hältnissen.

Schütze: Liebe zu Sport, besonders zu Pferden. Ruhelos, beweg= lich. Aufrichtig und freundlich, aber reizbar und unbeständig.

Steinbock: Ein inneres Verlangen, Großes zu leisten und zu Ehre und Ansehen zu gelangen. Einfach und ausdauernd, hat aber mit vielen Schwierigkeiten zu kämpfen. Sparsam, aber selbstsüchtig. Lau= terer Charakter. Keuschheit zeichnet gerade ihn aus.

Wassermann: Menschenfreundlich und weitherzig, unabhängig und idealistisch veranlagt. Interesse für alles, was vom Gewöhnlichen abweicht.

Fische: Ruhig und zurückgezogen, zur Verzagtheit neigend. Liebe zu allem Romantischen und allem, was auf das Gemüt wirkt. Bleibt zeitlebens im Hintergrund.

C. Merkur in den 12 Zeichen.

Für die Wirkung der weiteren Planeten in den zwölf Häusern genügt es als Beispiel wiederum, den Einfluß des Merkur zu betrachten, durch entsprechende Kombinationen wird jeder selbst den Einfluß der übrigen finden können. Wenn Sie es selbst versuchen, lernen Sie viel leichter und besser Horoskope „lesen", als wenn Ihnen alles fertig in die Hand gedrückt wird.

Im Widder: Uebertreibt gern. Ist unbeständig, aber rasch gefaßt, da sehr impulsiv.

Im Stier: Praktischer Verstand. Diplomatisch, nicht selten trotzig.

In den Zwillingen: Klarer Verstand und scharfes Urteil, geistreich. Redet gern. Lust zu Studium und Reisen.

Im Krebs: Leicht sich anpassend und unbeständig in seiner Ueberzeugung.

Löwe: Weitherzig, selbstvertrauend. Organisatorisches Talent.

Jungfrau: Schwer zu überzeugen. Unbeständig, vorsichtig, kritisch, bisweilen kleinlich.

Wage: Ruhiger Verstand, nicht aufbrausend, liebt die Harmonie, ist ein Feind aller Hast.

Skorpion: Mißtrauisch, von scharfem, kritischem Verstand. Liebt die okkulten Studien.

Schütze: Unabhängig, leicht reizbar, impulsiv. Philosophische Neigungen.

Steinbock: Kritisch, mißtrauisch, ökonomisch, ausdauernd. Neigung zu tiefgründigem Studium.

Wassermann: Fähigkeit zu abstraktem Denken. Gute Menschenkenner. Starkes Konzentrationsvermögen.

Fische: Leicht empfänglich für äußere Eindrücke, aber oberflächlich und negativ. Passen sich leicht an.

Planeteneinfluß, Intellekt und Charakter.

Bei der allgemeinen Betrachtung über die Planeteneinflüsse sahen wir bereits, daß alle Planeten einen gewissen Einfluß auf den Intellekt und Charakter des Geborenen ausüben; am stärksten kommt dieser jedoch beim Mond und Merkur zum Ausdruck.

Im Ascendenten gibt Merkur eine große Anlage zum öffentlichen Redner. Stehen Mond und Merkur dicht bei vielen anderen Planeten, so deutet dies auf eine große Veränderlichkeit in Neigung und Denken, vielfach auf Vielseitigkeit in der geistigen Betätigung des Geborenen. Dabei sind Jungfrau und Zwillinge, wenn sie sich steigend in der Nähe von Merkur und Mond befinden, von günstigem, Fische und Schütze dagegen von ungünstigem Einflusse. M a r s gibt Energie und Schärfe des Urteils (bei schlechter Stellung das Gegenteil), U r a n u s verleiht Originalität, S a t u r n gutes Gedächtnis (bei schlechter Stellung jedoch Schwermut), J u p i t e r gibt ein gesundes Urteil und Liebe zu Recht und Gerechtigkeit, N e p t u n für das Mystische. Liebe zu Vergnügen und Kunst bei einem liebenswürdigen Charakter verleiht V e n u s , während der Mond einen klaren Verstand und rasches Auffassungsvermögen gibt. Zu große Sonnennähe wirkt jedoch nachteilig auf die volle Entfaltung der guten Einflüsse des Merkur. (Die Sonne soll ungefähr 10 Grade vom Merkur entfernt stehen.)

Planeteneinfluß und Neigung.

Die Häuser 7, 11 und 12 kommen hierfür ganz besonders in Betracht. Ein oder mehrere „Wohltäter" in diesen oder auch Sonne und Mond in guter Stellung, wirken günstig, „Uebeltäter" deuten auf Hindernisse und Schwierigkeiten.

Die Art der Freunde wird angedeutet durch die Planeten, die im 11. Hause stehen oder durch den Herrscher des Zeichens auf der Spitze dieses Hauses. Die S o n n e deutet auf einflußreiche Freunde, die mit öffentlichen Stellen (Regierung 2c.) zu tun haben, während der M o n d auf Freunde aus dem Volke (Reisende, vor allem Seeleute) hinweist. M e r k u r deutet auf Freunde von der Wissenschaft (Redner, Schriftsteller, Verleger, Lehrer) und jüngere Leute, J u p i t e r auf solche, die mit dem Gesetz und der Religion zu schaffen haben. M a r s gibt Freunde unter dem Militär, S a t u r n unter Landleuten und allen, die mit dem Bauen zu tun haben, während V e n u s auf Freundschaften mit Künstlern, Schauspielern, Dichtern 2c. hinweist. U r a n u s und N e p t u n endlich versprechen Freundschaft zu allen, die sich mit den „okkulten" Dingen befassen und weisen in der Regel auf eine kurze, unbeständige Freundschaft hin, die plötzlich durch besondere Umstände ihr Ende findet.

„Uebeltäter" im 12. Haus weisen stets auf Verfolgungen und Schwierigkeiten hin, und deuten offene und geheime Gegnerschaft an. Zu noch klareren Resultaten gelangt man, wenn man zwei Horoskope miteinander vergleicht, wobei dieselbe Art Aszendent immer als Zeichen der Sympathie aufzufassen sind (z. B. zwei Wasser= oder zwei Erdzeichen 2c.).

Im Horoskop eines Mannes deutet der Mond die Frau, im Horoskop einer Frau die Sonne den Mann an und aus einem Vergleich der beiderseitigen Einflüsse lassen sich wertvolle Schlüsse ziehen, sowohl auf die Ehemöglichkeiten als auch auf die Harmonie der ehelichen Verhältnisse.

Saturn oder Uranus im 7. Haus weisen immer auf späte Verheiratung hin, ebenso, wenn auf der Spitze dieses Hauses der Steinbock steht (in welchem Falle das Haus vom Saturn „beherrscht" wird).

Planeteneinfluß, Gesundheit und Krankheit.

Es wurde bereits darauf hingewiesen, daß nach astrologischer Lehre jedes Zeichen einen besonderen Teil unseres Körpers regiert und ebenso die Planeten ihren Haupteinfluß auf bestimmte Teile des menschlichen Körpers geltend machen.

Die Art der Krankheiten, denen der Geborene ausgesetzt sein wird, wird hierbei angedeutet sowohl durch das Zeichen, als auch durch das Haus (Haus 6), wie durch die Planeten und die Natur des Zeichens.

Die festen Zeichen (Stier, Löwe, Skorpion, Wassermann) deuten auf Erkrankungen des Kehlkopfes, Herzens, der Nase, der Geschlechtsorgane, Blase 2c.; bewegliche Zeichen (Zwillinge, Jungfrau, Schütze, Fische) auf Darm= und Lungenleiden, Nerven= und Drüsenerkrankungen 2c.), während die Hauptzeichen (Widder, Krebs, Wage, Steinbock) auf Magen=, Nieren= und Leberleiden und Krankheiten der Haut und Knochen hinweisen.

Für die Heilkunde wäre die Kenntnis der Planeteneinflüsse und die praktische Nutzanwendung aus dieser von größter Wichtigkeit, insbesondere, wenn schwere Erkrankungen oder operative Eingriffe auf Grund der astrologischen Feststellungen behandelt würden. Es gibt Aerzte, die dies schon jetzt tun und Operationen z. B. am liebsten vornehmen, wenn der Mond in dem Zeichen steht, das den betreffenden Körperteil vertritt. Freilich muß zugegeben werden, daß sich die ärztliche Hilfe nicht aufschieben läßt, bis die Stellung der Zeichen und Planeten günstig ist, doch ist die Kenntnis der Planeteneinflüsse in jedem Falle, nicht nur für den Arzt, sondern auch für den Laien hochwichtig für die Erhaltung der Gesundheit und die Kenntnis der Leiden, denen der Geborene im Leben ausgesetzt sein wird. Denn vorbeugen ist ja immer besser als heilen. Vorbeugen läßt sich aber nur, wenn wir wissen, wem wir vorbeugen sollen und müssen. Die Astrologie sagt es uns!

Planeteneinfluß und Beruf.

Selbst für die Berufswahl kommen die astrologischen Einflüsse in Betracht. Für ihre Würdigung sind heranzuziehen das 10. Haus, dessen Herrscher, die in ihm stehenden Planeten und die Stellung des Merkur, sowie der Aszendent. Wir beschränken uns hier darauf, die hauptsächlichsten Berufe nach den verschiedenen Planeten anzugeben und darauf hinzuweisen, daß Verfasser aus seinem eigenen Horoskop die volle Bestätigung der Behauptung der Astrologie fand, daß auch der Beruf durch die astrologischen Einflüsse angedeutet wird. Verfasser war von seinen Eltern zum Erzieherberuf bestimmt, dem er sich auch widmete, in dem er jedoch keine Befriedigung fand. Seine Neigung ging von Jugend an zur Schriftstellerei und . . aus seinem Horoskop mußte er feststellen, daß dies die Folge des starken Merkureinflusses ist.

Es fallen folgende Berufe unter den Einfluß:

Sonne: Fürstlichkeiten und Hochgeborene; alle, die hohe Stellungen bekleiden und den Mittelpunkt einer größeren Umgebung bilden, doch auch alle, die mit der Verarbeitung von Gold oder dem Handel mit Gold zu tun haben.

Mond: Seeleute, Fischer, Reisende, öffentliche Verkäufer und alle, die mit Flüssigkeiten sich beschäftigen.

Merkur: Schriftsteller, öffentliche Redner, Literaten, Verkehrsbeamte, Boten, Schreiber, Verleger, Redakteure, Buchhändler 2c.

Venus: Künstler, Musiker, Dichter, Maler, Bildhauer; ferner alle, die mit Schmuck- und Frauenartikeln handeln, sowie weibliche Dienstboten.

Mars: Militär, Eisenwarenhändler, Instrumentenmacher, Zahnärzte, Barbiere, Schmiede, Schlächter, Köche, Chirurgen 2c.

Jupiter: Richter und Rechtsanwälte, Pfarrer, Bankiers, Exporteure, Vertrauensposten 2c.

Saturn: Buchdrucker, Töpfer, Färber, Zimmerer, Bergwerksar= beiter, Kohlenhändler, Bergwerks= und Mineningenieure und sonstige Beamte, Händler und Agenten in Ländereien 2c.

Uranus: Erfinder, Ingenieure, Mechaniker, Chemiker, Luftschiffer, Reisende; ferner alle, die sich mit okkulten Dingen befassen, wie Hyp= notiseure, Phrenologen, Astrologen, Psychologen 2c.

Neptun: Künstler (besonders exzentrische), sowie alle Berufe, in denen das „Wässerige" eine Rolle spielt.

Mag man auch bei dieser Aufzählung vielleicht mehr oder weniger ironisch lächeln; man prüfe sein eigenes Horoskop und wird zu seinem Erstaunen finden, daß „die Sache stimmt". Vielleicht ist man in einem anderen Berufe, als man danach sein müßte. Aber auch in diesem Falle wird man (meist) feststellen können, daß die natürliche „angeborene" Neigung zu dem Beruf hinzog, den man unter dem astrologischen Einfluß hätte ergreifen sollen, wenn man nicht „seinen Beruf verfehlen" wollte .

Wie hochwichtig aber diese Wertung astrologischer Einflüsse für die Berufswahl ist, darauf brauche ich wohl nicht erst noch besonders hinzuweisen. Wenn wir von vornherein wissen, wozu in dem Gebore= nen Neigung und Anlage vorhanden ist, dann läßt sich dies bei der gesamten Erziehung praktisch verwerten und aus dem Kinde das machen, was aus ihm gemacht werden kann, wenn es nicht in eine Richtung hineingedrängt werden soll, in der es sich niemals frei entwickeln kann. Unsere Erziehung macht ja, in Unkenntnis der im Kosmos waltenden Gesetze, vielfach „künstliche Mißwachse" aus den Kindern, die in falsche Bahnen hineingeschoben werden, wo sie sich niemals frei betätigen und nie zu innerer Befriedigung gelangen können, bis sich nach schweren Kämpfen und Enttäuschungen die natürliche Anlage (der astrologische Einfluß) schließlich doch noch Bahn bricht. „Verfehlte Berufe, verpfuschte Existenzen".

Planeteneinfluß, Wohnsitz und Reisen.

Finden sich in einem Horoskop viele Planeten in den Häusern 3 oder 9, oder stehen diese in einem Haupt=, einem beweglichen oder einem Wasserzeichen, oder beherrscht ein bewegliches Zeichen die Häuser 3 oder 9, so gibt dies Neigung zu Veränderungen und Reisen. Auch viele Planeten in ausfallenden Häusern deuten auf ein unstetes Leben (Zigeunerleben).

Der Ort, nach dem man reist oder reisen sollte, um die astrologischen Einflüsse voll auszunützen, wird hierbei angedeutet durch die Stellung des Jupiter und der Venus. Stehen diese in den Häusern 3 und 5, dann deutet dies auf Reisen in der Nähe des Geburtsortes, in 2 und 6 auf Reisen nach weiter abgelegenen Orten, bei Stellung in Haus 1 und 7 in die dem Geburtsland benachbarten Länder, in 8 und 12 nach weiter entfernten Ländern und in 10 endlich zu den . . Antipoden.

Menschen, die ein harmonisches Horoskop haben, werden fast instinktiv genau die Richtung wählen, in der „ihr Glück" liegt. Mit Hilfe der Astrologie kann man dies bewußt tun. Auch darüber mag man ruhig lachen. Die Horoskope der großen Weltreisenden zeigen jedenfalls, daß sie, ganz unbekannt mit dem, was ihr Horoskop andeutet, die Richtung verfolgten, die ihr Horoskop andeutet. Ich selbst habe einer mir gutbekannten Dame aus ihrem Horoskop nachgewiesen, daß sie in ihrem Leben genau die Reisen gemacht hat, die in ihrem Horoskop sich andeuteten. Es ist ihr versagt, nach Osten oder Westen zu reisen, sie kann sich nur in die Länder nördlich und südlich von ihrem Geburtslande begeben, und wird ihren Wohnsitz schließlich in einem südlich davon gelegenen Lande nehmen, auf fast genau demselben Längengrade wie ihr Geburtsort. Die Dame ist Schwedin, in Dalarne geboren, bisher nur gereist nach Norwegen, Dänemark und Deutschland, wo sie sich mit einem Deutschen verheiraten will und voraussichtlich in oder bei Hamburg ihren Wohnsitz nimmt. Reisen nach dem Osten oder Westen (sie möchte zu gern Paris kennen lernen!) werden ihr wohl wegen ihrer Verbindung mit einem Deutschen versagt bleiben . . . . . .

Prüfen Sie Ihr eigenes Horoskop, und auch Sie werden finden, daß . . . wenn auch nicht ihre Reisen, so doch Ihre Neigung hierzu Sie gerade zu den Ländern zieht, die Ihr Horoskop andeutet . . .

Wird es so nicht begreiflich, daß viele, die in der alten Welt sich nicht zurechtfanden, drüben überm Großen Teich ihr Glück machten! Weil „ihr Glück" eben in der Neuen Welt lag! Verstehen wir nicht andererseits das in so Vielen schlummernde, unverstandene und unbewußte Sehnen, in die Ferne zu schweifen? Obwohl sie an ihrem Wohnsitz alles haben können, was ein Menschenherz begehrt?

Studiere Dein Horoskop, und auch darüber wirst Du Aufklärung erhalten!

*

Nun aber . . . . (Ihre Ungeduld ift wohl bereits aufs Höchfte ge=
ftiegen) follen Sie lernen, felbft Ihr Horoffop zu „ftellen" und zu
„lefen". Sie werden längft fchon auf die Anweifungen hierzu gewartet
haben und haben vielleicht fchon wiederholt gedacht: Was follen denn
alle diefe allgemeinen Darlegungen? Ich will doch lernen, mein eigenes
Horoffop zu ftellen und zu entziffern. Aber . . . . wie wollen Sie
denn fchreiben und lefen, wenn Sie die Buchftaben nicht kennen? Erft
mußten wir das ABC der Aftrologie lernen, bevor wir daran gehen
können, Horoffope zu ftellen (alfo zu fchreiben) und zu entziffern (alfo
zu lefen).

Sie werden bald einfehen, daß die Sache fehr fchwer ausfieht, aber
überaus einfach ift für den, der . . . . es kann. Und wenn Sie meine
Anweifungen genau befolgen, dann werden auch Sie es können. Wenig=
ftens fo genau, wie dies für unfere privaten Zwecke erforderlich ift.

Wie ftellen Sie Ihr Horoffop?

Was Sie dazu benötigen, wiffen Sie bereits: Ort (geographifche
Länge) und genaue Zeit Ihrer Geburt und eine Ephemeris
Ihres Geburtsjahres. Letztere können Sie durch den Buchhandel beziehen,
wenn Sie fich nicht entfchließen, eine der gleichfalls im Buchhandel
erhältlichen „Allgemeinen Tabellen zum Aufftellen von Geburtshoro=
ffopen" zu erwerben, in denen Sie die notwendigften Angaben für alle
Jahre (von 1850 ab) finden. Die genaue Zeit Ihrer Geburt erfahren
Sie durch einen Auszug aus dem ftandesamtlichen Geburtsregifter, den
Sie vom Standesamt Ihres Geburtsortes beziehen, und die geogra=
phifche Länge Ihres Geburtsortes (d. h. feine Entfernung vom Green=
wicher Längengrad) zeigt Ihnen jeder Schulatlas.

Sobald Sie aber diefe drei Dinge beifammen haben, kann die
Arbeit beginnen.

Wir nehmen an, Sie feien
geboren den 3. Mai 1880, früh 4,30 Uhr in Merfeburg (13 öftl.).

Die Zeit Ihrer Geburt ift auf dem Standesamt eingetragen nach
der Ortszeit, d. h. nach der für die Lage des Ortes korrekten
Uhrzeit, während neuerdings diefe Zeit nach der fogenannten mittel=
europäifchen Zeit beftimmt wird, die für ganz Mitteleuropa die Orts=
zeit von 15 Grad öftlich von Greenwich (etwa Görlitz) als Normal=
zeit feftgelegt hat. Ift die Geburtsftunde jedoch nach der Normal=
oder mitteleuropäifchen Zeit angegeben, dann müffen Sie diefe erft

40

auf die richtige Ortszeit zurückführen, indem Sie für jeden Längengrad östlich vom 15. (Görlitzer Grad) vier Minuten in Abzug bringen, für jeden Grad westlich vom 15. vier Minuten zuzählen. Bei Eintragung der Geburt nach Normalzeit wäre also die richtige Ortszeit für Merseburg in Ihrem Falle 4,30 plus 8 Minuten gleich 4,38. Doch kommt dieser Unterschied nur für die n a ch der Einführung der mitteleuropäischen Zeit Geborenen in betracht. Für Sie würde also 4 Uhr 30 Minuten als r i ch t i g e Ortszeit für Merseburg gelten.

Diese Ortszeit müssen Sie nunmehr auf die O r t s z e i t v o n G r e e n w i ch zurückführen. Wir wissen ja, daß die Ortszeit für jeden Grad östlich von Greenwich vier Minuten später ist als Greenwicher Zeit, für Merseburg also 13 mal vier gleich 52 Minuten später. Im Augenblick Ihrer Geburt war also die G r e e n w i ch e r Ortszeit 52 Minuten früher, demnach nicht 4 Uhr 30, sondern erst 3 Uhr 38 früh.

Nunmehr suchen Sie in Ihrer Ephemeris die Greenwicher S t e r n - z e i t für den Mittag des 2. Mai. (Die Sternzeit ist für alle Tage der verschiedenen Jahre fast dieselbe, also für den 3. Mai 1880 fast die gleiche wie für den 3. Mai 1918; die bestehenden kleinen Differenzen können wir außer betracht lassen.) Sie finden als Sternzeit des 2. Mai angegeben: 2 Uhr 40 Min. (Sekunden lassen wir außer Betracht). Das heißt also: Die Sternzeit für Greenwich war am 3. Mai mittags: nachmittags 2 Uhr 44 Min.

Um die richtige Sternzeit f ü r d i e S t u n d e I h r e r G e b u r t zu finden, müssen Sie zu der Greenwicher Sternzeit des 2. Mai die Zeit hinzuzählen, die seit Mittag des 2. Mai verflossen war, d. h. in Ihrem Falle also, die Zeit von (12 Uhr Ortszeit Greenwich) 2 Uhr 40 Greenw. Sternzeit bis 3 Uhr 38 Ortszeit Merseburg (genau genommen ja eigentlich bis zur entsprechenden Sternzeit, aber diese Differenz macht bei Ihnen nur etwa 3 Minuten aus, die Sie ruhig fortlassen können; mehr als vier Minuten kann sie nie betragen).

Es ergibt sich also folgende Rechnung:

2 Stunden 44 Minuten weniger 18 Stunden 35 Minuten.

Da diese Subtraktion nicht möglich ist (ohne zu negativen Zahlen zu gelangen), so zählen Sie einfach 24 Stunden zu und subtrahieren also:

26 Stunden 40 Minuten

weniger 15 Stunden 38 Minuten

11 Stunden 2 Minuten,

sodaß Sie also nach Sternzeit geboren sind um 11 Uhr 2 Minuten.

Zu dem gleichen Resultat würden wir auch gelangen, wenn wir

die Sternzeit für den 3. Mai zugrunde legen, in welchem Falle wir folgendermaßen zu verfahren hätten:

Greenwicher Sternzeit für 3. Mai   2 Std. 44 Min.

Differenz von Ihrer Geburtszeit bis zu

Mittag des 3. Mai   8 Std. 22 Min.,

sodaß in diesem Falle die Sternzeit für die Geburt 10 Uhr 66 oder 11 Uhr 6 Minuten wäre.

Die Zeitdifferenz von vier Minuten hängt mit dem Fortschreiten um einen Tag zusammen, fällt jedoch nicht ins Gewicht. Wollen wir es jedoch ganz genau nehmen, so berücksichtigen wir auch noch diese Differenz, indem wir zu der gefundenen Zeit im ersteren Falle drei Minuten zuzählen (16 Stunden sind ungefähr $\frac{2}{3}$ Tag, also $\frac{2}{3}$ von vier Minuten); im zweiten Falle dagegen 1 Minute ($\frac{1}{3}$ von vier) in Abzug bringen, sodaß wir als Stunde Ihrer Geburt annehmen wollen: 11 Uhr 5 Minuten. (Sternzeit!)

In der „Häusertabelle" Ihrer Ephemeris suchen Sie jetzt in der Rubrik „Sideral Time" die Zeit, die der gefundenen 11 Uhr 5 Minuten am nächsten kommt, wobei Sie finden werden: 11 Uhr 4 Minuten.

Was Sie nun in der gleichen Reihe (Zeile) in der Rubrik finden, deren Kopf das Wort A s z e n d e n t trägt, tragen Sie in Ihr Horoskop am linken Ende der dickeren wagerechten Linie (im Ostpunkt oder Aszendenten) ein. In unserem Falle ist es Scorpio 23 Grad 28 Min.

Aus der „Häusertabelle" haben Sie also festgestellt, daß Sie im Aszendenten S k o r p i o n haben, also ein Skorpiontyp sind (Typ des Norddeutschen) und Sie können jetzt schon in dem Kapitel: „Das steigende Zeichen" (unter Skorpion) nachlesen, in welcher Weise sich der allgemeine Einfluß dieses Zeichens auf Sie geltend machen wird. Bedenken Sie jedoch dabei stets, daß dieser Einfluß modifiziert wird durch die Planeten und alles das, was wir sonst als modifizierende Einflüsse kennen gelernt haben. Wenn einiges also nicht ganz stimmt, so werfen Sie die Sache nun nicht schon als „Mumpitz" fort, sondern warten Sie, bis wir Ihr Horoskop vollständig gestellt und „erklärt" haben. Das Zeichen aber für Skorpion (siehe Anhang: Zeichen-Erklärung!) tragen Sie an der linken Spitze der dickeren wagerechten Linie ein, wo Sie bisher geschrieben hatten: 23,28. (Diese Zahl deutet Ihnen an, wo das Zeichen sich befindet, bei Ihnen nämlich auf 23 Grad 28 Min., also f a l l e n d, sodaß der Einfluß des Skorpion nicht mehr voll zum Ausdruck kommt. Das Zeichen steht im dritten Dekanat.)

Nunmehr tragen Sie alles, was Sie in derselben Zeile Ihrer Häuser=
tabelle unter der Rubrik „zehn" finden, über dem oberen Ende der
senkrecht verlaufenden Geraden (dem Zenith) ein, sobaß dahin zu stehen
kommt: „Jungfrau 15".

Die beiden Schrägen zwischen Aszendent und Zenith, die Linien
(Häuser) 11 und 12 erhalten in gleicher Weise das, was Sie auf der=
selben Zeile unter Rubrik 11 und 12 vorfinden, sobaß Sie da einzu=
tragen haben bei 11: „Wage 15" und bei 12: „Wage 7".

Auf die beiden Schrägen u n t e r dem Aszendenten kommt das,
was Sie auf derselben Linie der Häusertabelle unter den Rubriken 2
und 3 lesen, also bei 2: „Schütze 25" und bei 3 „Steinbock 5". Da=
mit aber ist die Arbeit für die Eintragung der Zeichen des Tierkreises
eigentlich beendet, denn auf die e n t g e g e n g e s e t z t e n Enden der den
Kreis kreuzenden Geraden kommt immer das e n t g e g e n g e s e t z t e
Zeichen, und zwar nach folgendem einfachen Schema:

> Widder — Wage; Krebs — Steinbock;
> Stier — Scorpio; Löwe — Wassermann;
> Zwillinge — Schütze; Jungfrau — Fische.

Da Sie aber auf 1 „Skorpion 23 28" haben, so kommt auf 7
nunmehr „Stier 23 28". Auf 8 muß stehen das entgegengesetzte Zeichen
zu „Schütze 25", also „Zwillinge 25". Das (dem dritten Hause ent=
gegengesetzte) Haus 9 erhält das Gegenzeichen zu „Steinbock 5", näm=
lich „Krebs 5", während in dem Hause 4 „Fische 15" erscheint. (Auf
dem ihm entgegengesetzten 10. Hause steht das Gegenzeichen „Jungfrau
15".) Die Häuser 5 und 6 endlich erhalten die Gegenzeichen zu den in
den Häusern 11 und 12 stehenden (Wage 15 und Wage 7), also „Widder
15" und „Widder 7".

Vergleiche hierzu Abb. 2 im Anhang, wo ich das oben beschriebene
Schema des Horoskopes darstelle.

In meiner Darstellung finden Sie außer den von uns gemeinsam
festgestellten Zeichen auch die beiden Zeichen Wassermann und Löwe, die
ich zwischen Steinbock — Fische und Krebs — Jungfrau eingetragen
habe. Es handelt sich hier um zwei a u s f a l l e n d e Zeichen, deren Ein=
fluß jedoch gleichfalls gewürdigt werden muß.

Ob und welche Zeichen im Horoskop „ausfallen", können Sie nach
Fertigstellung des einfachen Schemas leicht feststellen, indem Sie die
Reihenfolge der Zeichen Ihres Horoskopes mit der Reihenfolge dieser
Zeichen vergleichen, in der Sie diese bisher kennen lernten (Widder,
Steinbock, Zwillinge, Krebs, Löwe, Jungfrau 2c.) und sobald Sie zwischen

zwei Zeichen Ihres Horoskops ein Zeichen nicht finden, dies als weg-
fallend oder ausfallend über das betreffende Haus setzen. So haben wir
in unserem Beispielhoroskop: Steinbock — Fische (wobei Wassermann
ausfällt) und Krebs — Jungfrau, wobei Löwe ausfallend ist.

Haben Sie aber auch dies festgestellt, so beginnen Sie nunmehr
mit der Eintragung der **P l a n e t e n,***) und zwar zunächst mit der Sonne.
Hierfür gebe ich Ihnen am Ende des Buches eine Tabelle, die den **S t a n d
d e r S o n n e** an den einzelnen Tagen des Jahres zeigt. Zu berücksichtigen ist dabei, daß die Sonne eine tägliche (scheinbare) Bewegung
von einem Grad (genau 57 Gradminuten 48 Sek.) hat, sodaß ihr Stand
sich mit jedem Tage um einen Grad ändert. Haben wir also z. B.
am 1. Mai die Sonne im Stier 10, so müssen Sie diese für den 3. Mai
mit „Stier 12" eintragen . . . In Ihrer Ephemeris finden Sie den
Stand der Sonne genauer angegeben und zwar in der Rubrik: „Sonne
Long."

Wenn Sie es ganz genau nehmen wollen, müssen Sie auch noch
den Zeitunterschied in betracht ziehen zwischen der Sternzeit in Greenwich und der Sternzeit Ihres Geburtsortes zur Stunde Ihrer Geburt.
Denn auch dadurch ändert sich der Stand der Sonne unter Umständen
um ein paar Grade. Aber . . . . groß können die Fehler nicht werden,
die Sie machen, wenn Sie es auf solche Genauigkeit nicht ankommen
lassen. Wollen Sie diese Differenzen jedoch berücksichtigen, so dienen
Ihnen hierzu die folgenden Angaben über die **t ä g l i c h e B e w e g u n g
d e r P l a n e t e n:** Sonne 57 Gradminuten 48 Sek.; Mond 14 Grad
26 Min. 33 Sek.; Merkur 1 Grad 47 Min. (durchschnittlich); Venus
58 Min. bis 1 Grad 20 Min.; Mars 40 Min.; Jupiter 3 Min.; Saturn
verbleibt etwa 2½ Jahre in einem Zeichen von 30 Graden; Uranus
etwa 7 Jahre (seine jährliche Bewegung beträgt also etwa 4 Grad
17 Min.) und Neptun endlich braucht sogar 13 Jahre, um „durch
ein Zeichen zu gehen", d. h. er legt in einem Jahre nur ungefähr
2 Grad 18 Minuten zurück.

Sehr groß können also die Fehler nicht werden, die entstehen, wenn
Sie jene Differenzen außer betracht lassen. Nur bei Sonne und Mond
empfiehlt es sich, sie zu berücksichtigen.

Als Stand der Sonne für den 3. Mai (jedes Jahres) finden Sie
„Stier 12", und tragen dies nunmehr in Ihr Schema ein. Die Sonne
steht also in Ihrem Horoskop steigend im Stier.

---

*) Die astronomischen Zeichen für die schriftliche Darstellung der Planeten finden
Sie gleichfalls im Anhang, rechts von Abb. 2.

In ähnlicher Weise finden Sie, daß der Mond im Wassermann 11 steht (also in einem ausfallenden Zeichen), Merkur im Widder 18, Venus im Widder 22, Mars in Zwillinge 13, Jupiter in Widder 7 und Saturn im Widder 22, während Sie Neptun in Jungfrau 5 einzutragen haben.

Ihr Horoskop würde also nunmehr das Bild zeigen, wie Abbildung 2 im Anhang unseres Buches darstellt.

Es könnte ja nun interessant sein, dieses Horoskop in gemeinsamer Arbeit zu „entziffern". Doch versage ich mir dies, weil Sie einen praktischen Nutzen daraus insofern nicht ziehen würden, als Sie nicht in der Lage wären, nachzuprüfen, ob die Astrologie wirklich (wie ich behauptet habe) auf Tatsachen beruht, also das Horoskop die „Wahrheit" sagt. Das von mir gewählte Lehrbeispiel wollte Ihnen ja nur zeigen, „wie's gemacht wird", wie man also ein Horoskop stellt oder zieht. Sie selbst werden ja aber wohl inzwischen nach der gegebenen Anleitung Ihr eigenes Geburtshoroskop gestellt und dabei erkannt haben, daß tatsächlich „die Geschichte in Ordnung ist". In jedem Falle werden Sie auch in Ihrem Leben eine ganze Reihe von Tatsachen finden, die Ihr Horoskop bereits bei Ihrer Geburt andeutete, während andere infolge Ihrer Unkenntnis der astrologischen Einflüsse sich nicht voll entwickeln konnten 2c.

Erklärung des Horoskopes.

Für die „Entzifferung" oder Erklärung eines Horoskopes empfiehlt es sich, immer in einer gewissen Ordnung zu verfahren, indem man zuerst die verschiedenen Zeichen in die zugehörigen K l a s s e n verteilt. Sie notieren sich also zuerst, welche Hauptzeichen, welche festen und welche beweglichen Zeichen in Ihrem Horoskop vorkommen. (Sie kennen diese doch noch? Auch das, was über die Bedeutung der Art der Zeichen gesagt wurde?)

Hierauf stellen Sie fest, welche Planeten in einem F e u e r zeichen, welche in einem W a s s e r =, L u f t = und E r d zeichen vorkommen und vergegenwärtigen sich auch die Bedeutung und den Einfluß dieses Vorkommens. (Lesen dies evtl. in dem betreffenden Kapitel nach!) Zu beachten wäre hierbei, ob der Planet steigend oder fallend auftritt (steigend in den ersten 15 Graden, fallend in den Graden 16 bis 30).

Hierauf würdigen Sie die Einflüsse der Planeten nach allem, was Sie hierüber in den allgemeinen Ausführungen kennen gelernt haben, wie auch den allgemeinen Einfluß der Zeichen, soweit Sie dies nicht schon vorher taten. Auch die Aeußerung der astrologischen Einflüsse auf Gesundheit, Beruf, Wohnsitz und Reisen ꝛc. untersuchen Sie an Hand der entsprechenden Darlegungen in den vorangegangenen Kapiteln. Sie werden erstaunt sein über die Fülle von Bestätigungen, die Ihnen aus der Betrachtung Ihres Horoskops für die Wahrheit der Astrologie werden, mögen Sie Ihr Horoskop von welchem Gesichtspunkt auch immer betrachten. Etwas Geduld und Ausdauer gehört ja dazu, aber jeder anders normal veranlagte Mensch, der lesen, schreiben, rechnen und denken gelernt hat, ist auf Grund meiner Anweisungen in der Lage, sein eigenes Horoskop zu stellen. —

Als wir zuerst vom Horoskop sprachen, gab ich Ihnen das Horoskop August Bebels, weil ich annehme, daß auch Ihnen sein Leben und seine Eigenart, sein Charakter und sein Wirken im allgemeinen wenigstens bekannt sein werden. Bebels Horoskop ist nicht nur überaus bezeichnend und wissenschaftlich interessant, es zeigt auch mit augenfälliger Klarheit und Deutlichkeit, daß die Astrologie und die Betrachtung der astrologischen Einflüsse kein Mumpitz und keine Zeitvergeudung ist, sondern wirklichen Wert hat und reichen Segen stiften könnte, wenn die astrologischen Einflüsse rechtzeitig erkannt und bei der Erziehung und im späteren Leben die Nutzanwendung daraus gezogen würde.

Im Aszendenten finden wir bei Bebel das erste Dekanat der Wage, im Zenith das Zeichen Krebs. In meinen allgemeinen Darlegungen werden Sie finden, daß diese beiden darauf hinweisen, daß bei dem Geborenen das Gefühlsmäßige eine große Rolle spielen mußte. Bebel aber war in der Tat mehr Gefühls- als Verstandesmensch: er suchte daher auch in erster Linie auf das Gefühl und die Phantasie der Massen zu wirken (ob absichtlich und bewußt oder unabsichtlich und unbewußt, ist hierbei vollkommen gleichgiltig). Daß er selbst aber ein Spielball seiner Gefühle und Leidenschaften werden mußte, geht hervor aus den vielen Planeten in den Fischen, in denen (und in deren Nähe) nicht weniger als vier Planeten stehen. (Den Einfluß derselben wollen Sie in den allgemeinen Darlegungen nachlesen. Sie werden auch im Aeußern und in den allgemeinen Charaktereigenschaften den Wagetyp Bebel sehr „naturgetreu abgebildet" finden.)

Ueberaus bemerkenswert ist es in Bebels Horoskop, daß sich alle Planeten unter dem Horizont finden, was darauf hindeutet, daß ihm das Leben keine „Gelegenheiten" bieten würde, sich seinen Anlagen entsprechend zu entfalten und zu betätigen und daß es schwere Kämpfe

46

koften würde, sich durchzusetzen. Daß ihm dies schließlich doch gelungen ist, ist ausschließlich seiner natürlichen Begabung als Leiter der Massen (im Horoskop sehr klar angedeutet!) und seinem tiefen Mitgefühl mit den Leiden und Entbehrungen der arbeitenden Klasse zuzuschreiben, worin er unbedingt einen ehrlichen Standpunkt einnahm, wenn auch in seinen Reden und seinem Handeln vielfach das Gefühl „mit dem Verstande durchging". Die bisweilen beißend scharfe Kritik, die seine Reden kennzeichnet, deutet sich in seinem Horoskop in dem im Zeichen Skorpio steigenden Mond an, während die Stellung des Mars zum Uranus in den Fischen auf die Ruhelosigkeit seines Lebens, die Gereiztheit seines Charakters und auf sein aufrührerisches Wesen hinweisen.

Hätte Bebel selbst sein Horoskop gekannt, und hätten seine Freunde und Feinde gewußt, unter welchen astrologischen Einflüssen er dachte, fühlte und handelte, so wäre ihm manche bittere Enttäuschung in seinem Leben erspart geblieben und der Mann, der sich unter schwersten Entbehrungen und inneren und äußeren Kämpfen erst nach jahrelangem heißem Mühen durchsetzen konnte, würde früher und leichter erkannt worden sein als das, was auch seine ärgsten Gegner an ihm anerkennen müssen ...

Noch weit interessanter wird die Betrachtung der Horoskope, wenn man zwei derselben von bekannten Personen miteinander vergleicht. Die kritische Betrachtung der Horoskope Wilhelms II. und Bismarcks zeigt klar, daß diese beiden Männer in keinem Falle in Harmonie zusammenarbeiten konnten, daß eine Trennung sogar sehr schnell erfolgen mußte. Denn die Sonne in Bismarcks Horoskop (sie steht im Löwen) hat ihren „Fall" im Wassermann des Horoskopes Wilhelm II, dessen Herrscher (der Mond) seinen „Fall" hat im Steinbock des Bismarckschen Horoskopes.

Horoskop und Lebensdauer.

Die Astrologie lehrt, daß unsere Gesundheit und im Zusammenhang damit unsere Lebensdauer abhängig sind von der Stellung der Sonne, des Mondes und des Aszendenten im Horoskop und von dem Verhältnis der übrigen Planeten zu diesem. Beim Manne übt danach besonders die Sonne, bei Frauen und Kindern der Mond einen besonderen Einfluß aus.

Befinden sich Sonne oder Mond in den Häusern 7, 9, 10 oder in der ersten Hälfte des 11. Hauses, so bilden sie das Zentrum des Lebensspenders, treten jedoch Saturn, Mars oder Uranus in schlechter Stellung zu ihnen auf, so deutet dies auf die **Vernich-tung des Lebens, den Tod** hin.

Auf einen **gewaltsamen** Tod (oder Tod durch Unglücksfälle) weist es hin, wenn Sonne und Mond durch „Uebeltäter" schlecht gestellt sind (Uebeltäter lernten Sie früher kennen!)

Selbst den **Zeitpunkt** des Todes annähernd zu bestimmen, ist der Astrologie möglich, doch versage ich es mir aus leicht begreiflichen Gründen, hierfür Anweisungen zu geben. Es gehört eine große „Stärke" dazu, schon Jahre lang vorher zu wissen, um welche Zeit man aus dieser schönen Welt abscheiden muß. Aber es sind Beispiele bekannt geworden, daß erfahrene Astrologen sowohl ihren eigenen Tod, als auch den anderer Menschen auf den Tag genau vorher berechnet haben (Keppler den Tod Wallensteins). Die Möglichkeit besteht und kann nicht abgestritten werden, wenn auch gerade bei solchen Berechnungen vielfach Fehler unterlaufen.

Für unsere Zwecke genügt es vollkommen, das zu wissen, was ich Ihnen im Rahmen eines allgemeinverständlichen einführenden Handbuches biete. Wer sich tiefer dafür interessiert, dem bietet die Fachliteratur genügend Material. Er sei vor allem auf die „Astrologische Rundschau" (Monatsschrift für astrologische Forschung) hingewiesen.

Das vorgeburtliche Horoskop.

Nach der Regel des **Hermes** ist der Aszendent (oder Deszendent) bei der Geburt die Stelle des **Mondes** im **Augenblick der Konzeption** (Befruchtung), während die Stelle des Mondes bei der Geburt Aszendent oder Deszendent im Augenblick der Konzeption war. Die alten Astrologen gingen, als sie diese Regel aufstellten, von der Annahme aus, daß der Augenblick, in dem der männliche Same in das weibliche Ei eindringt, abhängig ist vom Monde, zumal bekannt ist, daß der männliche Same einige Zeit im Eileiter verbleiben und die Befruchtung daher später erfolgen kann als der Akt der Begattung.

Hierauf baut sich nun das vorgeburtliche Horoskop auf, das für den Augenblick der Konzeption (Befruchtung) gestellt wird und das schon **vor** der Geburt eines Menschen Aufklärung sowohl über den wahrscheinlichen Eintritt der Geburt als auch über die äußere Körpergestalt und die allgemeinen Charaktereigenschaften gibt.

Es würde im Rahmen unserer Ausführungen zu weit führen, wenn ich auch hierfür Anweisungen geben wollte, doch möchte ich an dieser

Stelle wenigstens die Schlußfolgerungen aus der angeführten Regel des Hermes bekannt geben, da diese immerhin für die Allgemeinheit insofern interessant sein dürfte, als daraus die Dauer der Schwangerschaft bestimmt werden kann.

Normal dauert die Schwangerschaft bekanntlich 273 Tage (10 Mondmonate oder 39 Wochen). Steht jedoch zunehmender Mond im Augenblick der Befruchtung über dem Horizont, so ist die Dauer der Schwangerschaft kürzer als 273 Tage. Das Gleiche tritt ein bei abnehmendem Mond unter dem Horizont. Länger als 273 Tage dauert die Schwangerschaft, wenn der Mond bei der Konzeption abnehmend über oder zunehmend unter dem Horizont stand.

Mögen auch die Erfahrungen gerade in dieser Hinsicht noch sehr mangelhaft sein (weil wohl nur die wenigsten Menschen in der Lage sind, den Augenblick einer Konzeption anzugeben), so liegt doch die Annahme, daß sich die astrologischen Einflüsse schon vor der Geburt des Kindes vom ersten Augenblick seines Werdens an äußern, sehr nahe. Wenn wir aber eine solche voraussetzen, so würde uns dies die Erklärung für Vieles geben, was uns anders vollkommen unerklärlich sein muß. Aus den astrologischen Einflüssen auf das Embryo (die Frucht im Mutterleibe) würden wir dann die Erklärung finden für die Tatsache, daß große starke und gesunde Eltern vielfach schwache und kränkliche Kinder zeugen, daß ein kleines und schwächliches Weibchen einem so kräftigen „strammen" Jungen das Leben schenkt, geistreiche und wohlgestalte Eltern vielfach dumme und mißgestalte häßliche Kinder haben 2c. Auch daß der „schwarze" Vater und die blonde Mutter ein rothaariges Baby bekamen, würde uns dann nicht mehr wundern, denn wir kennen ja die Einflüsse, die rotes oder goldblondes Haar geben. Oder liegt es nicht nahe, in solchen Einflüssen die Erklärung zu suchen für die Tatsache, daß die Kinder den Eltern buchstäblich „über den Kopf wachsen", weil sie unter den Einflüssen „ihrer Sterne" eben einen langen großen Körper erhalten müssen! Liegt es nicht nahe, in solchen Einflüssen die Ursache zu suchen und zu finden für die angeborene Lebhaftigkeit des Kindes stiller Eltern und all der anderen uns unerklärlichen Erscheinungen, vor denen wir stehen wie vor unlösbaren Rätseln?

Astrologie und Handschrift.

Es ist gewiß kein leeres Gerede, daß die Handschrift eines Menschen mehr oder weniger charakteristisch ist, d. h. für den Kenner einen mehr oder minder klaren Schluß auf seinen Charakter zuläßt. Die wissenschaftliche Graphologie hat dies einwandfrei nachgewiesen.

Wenn wir nun die astrologischen Einflüsse kennen und bei all unserm Tun solche voraussetzen, so würde die Graphologie zu noch weit interessanteren und treffenderen Ergebnissen gelangen, wenn sie bei ihrer Handschriftendeutung diese Einflüsse in betracht zöge. (Verfasser wird dies in einem gemeinverständlichen Handbuch der Graphologie versuchen, das im gleichen Verlage erscheinen soll.)

An dieser Stelle sei daher nur ganz allgemein eine kleine Liste für den Einfluß der einzelnen Planeten auf das Charakteristikum der Handschrift gegeben:

Die Sonne: Regelmäßige, volle Kreise. Volle, gerundete Krümmungen und Spiralen.

Der Mond: Unregelmäßige und krumme Linien.

Merkur: Bei kurzen, scharfen Linien zarte, feine Krümmungen.

Venus: Viele kleine Schnörkel, die jedoch einen gewissen angenehmen Rhytmus zeigen.

Mars: Feine, gerade Linien. Scharfe Winkel. Widerhaken.

Jupiter: Volle Linien und Schnörkel.

Saturn: Kurze, gerade und harte Linien bei unklaren Formen.

Uranus: Originelle Schnörkel (gesucht), feine Linien und Striche.

Neptun: Verschwommene Linien und Zeichen, vielfache Unterbrechungen. Unklare Schnörkel.

Selbst auf den Stil ließen sich aus den astrologischen Einflüssen Schlüsse ziehen. Ein Neptuntyp wird niemals klar sagen können, was er sagen möchte. Nebelhaft wie sein ganzes Wesen wird und muß auch seine Ausdrucksweise sein. Mag sie auch noch so originell sein und sich „interessant" lesen. Es liegt sehr nahe, hier auf einen sehr bekannten deutschen Schriftsteller hinzuweisen, der als reiner Neptuntyp auch in seiner Schreibweise alle Merkmale dieses Typs verrät. Ich versage es mir, seinen Namen zu nennen, doch glaube ich, daß jeder seiner Leser fast immer das Empfinden hat, daß dieser Mann bei allen schönen Worten und gesucht originellen Redewendungen im Grunde genommen garnicht weiß, was er eigentlich sagen will. Er hat trotzdem sein Publikum und sogar viele Nachahmer gefunden, und es gibt eine Journalistik, die es sich geradezu zum Motto gemacht hat, über etwas, worüber sie nichts sagen kann oder ein klares Urteil vermeiden will, zu schreiben a — la — . . . .

50

Aſtrologie und Religion.

Man könnte ganze Bücher füllen mit dem Nachweis, daß unſere biblischen Bücher zum guten Teil **auf aſtrologiſcher Grund- lage** geschrieben worden ſind. Sowohl im Alten wie im Neuen Teſta- ment finden ſich ſo unzählige Darlegungen, die wir als nichts anderes zu betrachten haben, denn als aſtrologiſchen Symbolismus, mögen wir auch hineinlegen, was immer wir wollen.

Die ſieben Planeten und die zwölf Zeichen des Tierkreiſes ſind in den verſchiedenſten Formen dargeſtellt und kehren immer und immer wieder. Allenthalben tritt uns die Symbologie der Aſtrologie im Zu- ſammenhang mit der altjüdiſchen wie der neuteſtamentlich chriſtlichen entgegen

Ein Lamm ſollte der gläubige Israelit zu Oſtern dem Herrn als Opfer darbringen. Warum gerade ein Lamm? — Das Oſtern der Juden wurde bekanntlich beſtimmt durch den Neumond, der der Frühlingstag- und Nachtgleiche am nächſten fiel. Zu dieſem Zeitpunkte aber tritt die Sonne in das Zeichen des Widders (Lammes).

Der Auszug der Kinder Israel aus Aegypten erfolgte zu einer Zeit, in der der Frühlingspunkt aus dem Zeichen des Stieres in das Zeichen des Widders trat. Muß uns das aber nicht zu denken geben, wenn wir nun hören, daß die Kinder Israel, während Moſes auf dem Berge Sinai mit Gott redete, ſich ein goldenes Kalb (einen Stier) goſſen und dieſen als ihren Gott verehrten? Unter dem Stier hatten ſie ja in Aegypten gelebt!

Die Religion der Alten fußte auf der Aſtrologie, was ſich nicht nur aus der Geſchichte der alten Aegypter, Aſſyrer und Babylonier nach- weiſen läßt (wie vor allem aus dem Alten Teſtament), ſondern auch aus der altperſiſchen Doppellehre vom guten und böſen Gott: Ormuzd und Ahriman. Damals war die Sonne ins Zeichen der Zwillinge ge- treten. Die Zweiheit aber übertrug ſich auf die Anbetung der Natur- gewalt, auf die Religion

Läßt ſich andererſeits nicht ein Zuſammenhang ſchaffen zwiſchen den zwölf Zeichen des Himmels und den zwölf Stämmen Israels und den 12 Jüngern Chriſti, die nach ſeinem Ausſpruch ſitzen ſollen „auf 12 Thronen"? Müſſen wir nicht geradezu zu ſolcher Annahme gelangen, wenn wir einmal vollkommen vorurteilslos die Heilige Schrift leſen? Sind die zwölf Söhne Jakobs nicht klar und deutlich von ihrem eigenen Vater als Typen der Tierkreiszeichen charakteriſiert? Man leſe nur einmal nach im erſten Buch Moſes, Kap. 49: Juda iſt ein junger Löwe (Löwe), dann wird eine Schlange am Wege ſein (Skorpion), Naphtali gibt ſchöne Worte (Jungfrau), Ruben, mein Erſtgeborener und Anfang meiner Macht (Waſſermann) ꝛc.

Und werfen wir einen Blick aufs Neue Teſtament. Erklärt uns nicht die Aſtrologie das Myſtikum der drei Weiſen aus dem Morgen= lande, die „ſeinen Stern geſehn“ haben und gekommen ſind, ihn an= zubeten? Durch Berechnung von zwei Planeten, die auf den Meridian von Jeruſalem fielen, haben ſie feſtgeſtellt, daß dort der Meſſias ge= boren ſein mußte, deſſen Kommen ja prophezeit war.

Und wenn wir gar das Höchſte der chriſtlichen Religion, die Kreuzi= gung Chriſti unter dieſem Geſichtspunkt betrachten, ſo finden wir, daß in dieſer Kreuzigung unſeres Heilandes und Erlöſers z u g l e i ch tiefſte aſtrologiſche Symbologie verborgen liegt. (Mit dieſem Hinweis ſoll in keiner Form die Kreuzigung Chriſti verneint werden, wie überhaupt die Religion abſolut nicht dadurch widerlegt oder erklärt werden ſoll. Ver= faſſer weiſt im Gegenteil ausdrücklich darauf hin, daß er ſelbſt tief religiös iſt; aber es iſt intereſſant, feſtzuſtellen, daß in den Beſchreibungen der Bücher des Alten und Neuen Teſtamentes eine ungeheure Fülle von aſtro= logiſcher Symbolik zu finden iſt!)

Die Kreuzigung Chriſti erfolgt am Tag der Frühlings=Tag= und Nachtgleiche. Sein Tod trat ein um die ſechſte Stunde (dem Augenblick, in dem die Sonne untergeht). Der Vorhang des Tempels (der Kosmos) wird in zwei Teile zerriſſen (Tag= und Nachtgleiche). Zwiſchen zwei „Uebeltätern“ kreuzigt man den Sohn, es ſind die Zeichen Krebs und Steinbock, zwiſchen denen die Tag= und Nachtgleiche ſtattfindet. Der eine der beiden Mörder ſteigt mit Jeſus zum Himmel (heute noch ſollſt du mit mir im Paradies ſein), Krebs aber iſt ſteigendes, Steinbock fallen= des Zeichen.

Leſen wir aber ſo die Bibel, dann wird uns neben der religiöſen Betrachtungen noch manches Licht aufgehen über ihre innere Bedeutung und wir werden für viele Rätſel eine Erklärung finden, die uns heute unverſtändlich ſind.

Schickſal und freier Wille.

Wenn es wahr iſt, daß wir Menſchen unter aſtrologiſchen Ein= flüſſen ſtehen und daß a l l e s , was geſchieht im Kosmos, ſich nach unabänderlichen Geſetzen regelt, ſo erſcheint es zugleich, als ob wir uns „ins Unabänderliche fügen“ müßten. Denn: Es kommt doch alles, wie es soll! Dann ist unser „Schicksal" uns eben voraus bestimmt, und wir haben nichts anderes zu tun, als uns ins Unvermeidliche zu fügen. Fatalisten müßten wir danach sein!

Und gerade der Astrologe wird niemals Fatalist sein können. Wohl weiß er, daß er immer unter bestimmten astrologischen Einflüssen denkt und fühlt und handelt. Aber er kennt diese Einflüsse und kann daher aus dieser seiner Kenntnis für sich selbst und die Gestaltung seines Schicksals die richtige Nutzanwendung ziehen.

Wir haben ja bereits in dem Kapitel des Nutzens der Astrologie hierauf hingewiesen und gesehen, daß die astrologischen Einflüsse teils fördernd, teils hemmend sind. Wie wir uns aber gegen die ungünstigen wappnen können (wenn sie uns bekannt sind), so können wir auch die günstigen Einflüsse in bester Weise zu unserem Vorteil ausnutzen, indem wir für all unser Beginnen die Zeiten wählen, in denen wir unter solch günstigem Einfluß stehen und daher in Harmonie mit dem Kosmos unser Bestes bieten können, wozu unsere natürlichen Anlagen uns befähigen. Dann aber haben wir immer uns und unserer Zeit genug getan.

In den Sternen stehts geschrieben, was wir vermögen und wo die Grenzen unseres Könnens gezogen sind.

In den Sternen stehts geschrieben, inwieweit wir unser eigenes Schicksal meistern können.

In den Sternen stehts geschrieben, welchen Einflüssen all unser Denken, Fühlen und Handeln unterworfen ist und wie wir diesen Einflüssen begegnen können und müssen, wenn sich unsere Entwicklung im Einklang mit den im Kosmos wirkenden Gesetzen vollziehen soll. Nicht Spielbälle des Schicksals sind wir, nicht willenlos den kosmischen Einflüssen preisgegeben, sondern wir haben es jederzeit selbst in der Hand, uns diesem zu widersetzen und dadurch unsere eigene Entwicklung zu hemmen, - indem wir gegen den Strom zu schwimmen versuchen oder aber uns selbst die Entwicklung und Vervollkommnung zu erleichtern, indem wir unser Denken, Fühlen und Wollen in Uebereinstimmung bringen mit den ewigen Gesetzen, die um uns und über uns wirken und mit den Einflüssen, die aus diesen resultieren.

In den Sternen stehts geschrieben! Auch für Sie! Sie haben gelernt, darin zu lesen. Handeln Sie nun auch danach, damit Sie „Ihre Sterne beherrschen".

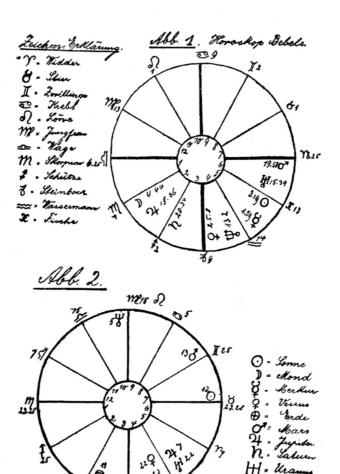

Zeichen-Erklärung.

- ♈ = Widder
- ♉ = Stier
- ♊ = Zwillinge
- ♋ = Krebs
- ♌ = Löwe
- ♍ = Jungfrau
- ♎ = Wage
- ♏ = Skorpion
- ♐ = Schütze
- ♑ = Steinbock
- ♒ = Wassermann
- ♓ = Fische

Abb. 1. Horoskop Bebels.

Abb. 2.

- ☉ = Sonne
- ☽ = Mond
- ☿ = Merkur
- ♀ = Venus
- ⊕ = Erde
- ♂ = Mars
- ♃ = Jupiter
- ♄ = Saturn
- ♅ = Uranus
- ♆ = Neptun

Anhang 2.

Stand der Sonne an den einzelnen Tagen des Jahres.

1. Januar	10	Steinbock	11. Januar	20	Steinbock
21. Januar	0	Wassermann	31. Januar	10	Wassermann
10. Februar	21	Wassermann	20. Februar	1	Fische
2. März	11	Fische	12. März	11	Fische
22. März	1	Widder	1. April	11	Widder
11. April	21	Widder	21. April	0	Stier
1. Mai	10	Stier	11. Mai	20	Stier
21. Mai	29	Stier	31. Mai	9	Zwillinge
10. Juni	18	Zwillinge	20. Juni	28	Zwillinge
30. Juni	8	Krebs	10. Juli	17	Krebs
20. Juli	27	Krebs	30. Juli	6	Löwe
9. August	16	Löwe	19. August	25	Löwe
29. August	5	Jungfrau	8. September	15	Jungfrau
18. September	25	Jungfrau	28. September	4	Wage
8. Oktober	14	Wage	18. Oktober	24	Wage
28. Oktober	4	Skorpion	7. November	14	Skorpion
17. November	24	Skorpion	27. November	4	Schütze
7. Dezember	14	Schütze	17. Dezember	24	Schütze
27. Dezember	5	Steinbock			

Die durchschnittliche Sternzeit.

1. Januar	18,43	1. Juli	6,37
1. Februar	20,45	1. August	8,39
1. März	22,36	1. September	10,42
1. April	0,38	1. Oktober	12,40
1. Mai	2,36	1. November	14,42
1. Juni	4,39	1. Dezember	16,40

berechnet für Greenwich mittags 12 Uhr.

Inhaltsverzeichnis.

		Seite
1.	Einführung	4
2.	Der Nutzen der Astrologie	7
3.	Vom Kosmos	9
4.	Das Horoskop	12
5.	Die 12 Zeichen des Tierkreises	13
6.	Das steigende Zeichen	17
7.	Die Planeten	21
8.	Die astrologischen Häuser	24
9.	Die Planeten im steigenden Zeichen	25
10.	Die Planeten in den verschiedenen Häusern	27
11.	Die Planeten in den 12 Zeichen des Tierkreises	30
12.	Planeteneinfluß, Intellekt und Charakter	34
13.	Planeteneinfluß und Neigung	35
14.	Planeteneinfluß, Gesundheit und Krankheit	36
15.	Planeteneinfluß und Beruf	37
16.	Planeteneinfluß, Wohnsitz und Reisen	38
17.	Wie stellen Sie Ihr Horoskop?	40
18.	Erklärung des Horoskopes	45
19.	Horoskop und Lebensdauer	47
20.	Das vorgebürtliche Horoskop	48
21.	Astrologie und Handschrift	49
22.	Astrologie und Religion	51
23.	Schicksal und freier Wille	52
24.	Anhang	54

Seelen, die den Leib verloren!

Ein magischer Roman von **Enrico**. Die seltsame Geschichte eines gestohlenen Leibes. (Über Entstofflichung einer Lebenden und Verstofflichung einer Verstorbenen.) Dieser seltsame Roman ist niedergeschrieben von einer stark medial veranlagten Dame der Berliner Gesellschaft u. zwar im Trancezustand, vom Anfang bis zum Ende nach dem Diktat ihres Schutzgeistes – Enrico! Also eine Art Botschaft aus der jenseitig. Welt. Preis **M. 2,50**

Im Zauberbann der Mitternacht

Die Erlebnisse einer Schlafwandelnden v. **Diotima**. Über dieses Werk schreibt ein berufener Kritiker wörtlich:

„Der außerordentlich heikle Stoff, wie eine Schlafwandlerin in ihrem unbewußten Zustand Mutter wird, ist dichterisch verklärt und mit einer Sittsamkeit dargestellt, daß man dieses poesievolle Buch mit seinen eigenartigen anmutigen Naturschilderungen auch jungen Kreisen in die Hände legen darf. – Mich hat es gepackt und von Anfang bis zu Ende in seinen Zauberbann gefesselt."
Preis **M. 2,50**

Trance

Erzählungen aus der anderen Welt. Das neueste Buch des bekannten, auch von zahlreichen Forschern untersuchten Berliner Mediums **Frida Beyer-Kaemmerer**. Preis **M. 2,—**

Der unheimliche Gast

Die Geschichte eines **Vampyrs** von C. v. **Wachsmann**. Preis **M. 2,—**

Im Lande der Seele

Ein Roman, gesponnen aus den Fäden, die Diesseits und Jenseits verbinden. Von **Spiridion**. Oberflächlich betrachtet, ist es ein Künstlerroman voll weicher Stimmungen und atemlos spannender Handlung. Für den Tieferschauenden entwickeln sich jedoch in diesem Romanwerk die eigenartigsten okkulten Probleme. Der übersinnlich-sinnliche Verkehr des vereinsamten und verwitweten Musikers mit seiner abgeschiedenen Geliebten, Beziehungen von Seele zu Seele, wie man sie sonst nur in den Büchern von Rosenkreuzern und anderen Geheimwissenschaftlern angedeutet und behandelt findet, der mystische Kampf zweier feindlicher Seelen und endlich die von dem irdischen Philosophen ja längst geahnte und als wahr geschilderte Rückkehr aus den Gefilden der Seligen und Neuverkörperung einer durch Liebe zu einem irdischen unwiderstehlich hingezogenen Seele. Man kann die zeitgenössische Literatur weithin absuchen und wird keine derartig zarte und eigenartige Seelendichtung ausfindig machen. Preis **M. 2,50**

Das Jungfernpergament

Wundersame Erlebnisse einer entleibten Seele von **Godwi**. Die schwarze Magie eines alten Seelenjägers, der die Reinheit einer Jungfrau zu trüben sucht, um dadurch seinen verhutzelten Leib zu verjüngen, führt uns in die gruseligen Räume des Maglers und dann in die lichten Zimmer der Reinen. Es ist Tatsache, daß das mysteriöse „Jungfernpergament" in der Magie des Altertums und Mittelalters eine bedeutende Rolle spielte. Mit feinem Empfinden hat Godwi der unheimlichen Schwarzkunst des Alten den bestrickenden Zauber der Liebe des jungen Mädchens gegenübergestellt. Preis **M. 2,50**

Das verschwundene Dokument

Kriminalroman nach dem Tagebuch einer Medialen von **Lilian**. – Aus zahlreichen lobenden Kritiken nur drei kurze Zitate:

„Durch das kleine, aber so inhaltreiche Buch wird der Verkehr mit jener Welt dargestellt, die wir das Jenseitige nennen und die doch so um uns herum ist, wie die Luft, die wir atmen. Dies Tagebuch einer Medialen erscheint selbst wie ein Werk aus übersinnlichen Kreisen, gleichsam als ob die Verfasserin die Hand von Wesen geführt worden wäre, die nur als Ueberirdische zu uns kommen können... Es sei allen denen empfohlen, die nach einem Verkehr mit lieben Abgeschiedenen dürsten."

„Ein wirkliches Seelenbuch".

„Eine ergreifende Einführung in die übersinnliche Welt und in den Verkehr zwischen den Seelen der Abgeschiedenen und ihrer noch im irdischen Lichte befindlichen Lieben, wie ich sie gleich ausdrucksvoll und überzeugend noch in keiner anderen dichterischen Darstellung gefunden habe", so schreibt ein erfolgreicher neuerer Dichter über „Das verschwundene Dokument". Preis **M. 2,50**

Der Meister

Eine Art „theosophischer Gemeinschafts-Roman" von **Hans Freimark**. Preis **M. 5,50**

Wiedergeboren

Einer der eigenartigsten okkulten Romane aus dem modernen Amerika. Von A. W. **Lawson**. Mit Zeichnungen von A. **Johnson**. Preis **M. 5,50**